Werner Veidt, Oh Anna Scheufele

WERNER VEIDT

Oh Anna Scheufele

Schwäbisch gebruddelt

VERLAG KARL KNÖDLER
REUTLINGEN

3. Auflage, 1984

Printed in Germany 1984
Einbandgestaltung Hadwig Münzinger, Reutlingen,
mit Verwendung eines Fotos des Ateliers Hostrup, Stuttgart
Herstellung: Druckerei Harwalik KG, Reutlingen
ISBN 3-87421-040-5

Vorwort

Es gibt Geschriebenes, das nur deshalb eines Vorworts bedarf, weil es kein ausreichendes eigenes Stehvermögen hat, also durch „Worte des Geleits“ an die Hand genommen, geführt, geleitet werden muß. Anderes zu Papier Gebrachtes kann wiederum zwar auf eigenen Beinen stehen, bedarf des Vorworts aber als Erklärung, als Erläuterung, gelegentlich sogar als eine Art von Entschuldigung.

Solches trifft auf das, was Werner Veidt schreibt, nicht zu. Was er aus reinem Spaß an der Freud' wie weiland Hans Sachs zusammenschustert, hat Stehvermögen, es erklärt sich durch sich selbst und bedarf auch keiner Entschuldigung. Das schon gar nicht.

So gesehen, ist dieses Vorwort überflüssig.

Wenn es dennoch geschrieben wird, dann lediglich, um demjenigen Leser, dem sich das Bild Werner Veidts noch nicht oder noch nicht ganz erschlossen hat, ein paar Gedanken zu vermitteln, die diesen Prototyp schwäbischen Wesens vielleicht zu illustrieren vermögen.

Werner Veidt *schreibt*, vorzugsweise Verse, und in Prosa Kurz- und Kürzest-Feuilletons, „Miniaturen“ also – aber dennoch hält er sich nicht für einen Literaten, und für einen Dichter schon gar nicht.

Er *singt* auch, vorzugsweise Melodien auf Texte, die er selber verfaßt hat – aber dennoch hält er sich nicht für einen Sänger.

Werner Veidt *spielt* auch *Theater* – dies allerdings aus der vollen Überzeugung eines Menschen, dem das Spielen einer

Rolle im Leben nichts, das Spielen von Rollen auf der Bühne, im Funk oder Fernsehen dagegen alles bedeutet.

Dieser Tatbestand spiegelt zwei Grundeigenschaften Werner Veidts: Einmal seine Bescheidenheit im privaten, daneben aber auch seine „Unbescheidenheit“, anders gesagt: seinen „Anspruch“ im künstlerischen Bereich. Wenn man vom Bayern Ludwig Thoma sagt, sein Erfolg als Schriftsteller beruhe darauf, daß er „dem Volk aufs Maul geschaut“ habe, dann darf das auch für den Schwaben Werner Veidt gelten, dessen Erfolg als Darsteller allein auf die hohe Kunst der Beobachtung und ihre vollendete schauspielerische Umsetzung zurückzuführen ist. Veidt ist das ideale „Modell“ eines Schauspielers, wie es ihn – leider – heute nur selten mehr gibt. Man *schaut*, was er *spielt* – und man *weiß*, was er *will*; und – paradox – gerade wenn er *stumm* spielt, versteht man am besten, was er *sagen* will. (Im Gegensatz zu jenen, die man nur versteht, wenn sie Texte reden – wenn ihnen der Text aber genommen ist, dann sind sie nicht nur stumm, dann sind sie häufig gleich gar nicht mehr zu sehen. Aus mit „Schau“ und aus mit „Spiel“.)

Wer Werner Veidt einmal gesehen hat, vergißt dieses faltige Knittergesicht mit seinem knitz-versöhnlichen Mund und den beiden ganz wie auf scharfe Beobachtung eingestellten kleinen Visier-Augen so schnell nicht wieder. In unserer Zeit des allgemeinen Wohlstands, einer Zeit, die ihr Interesse in beachtlichem Maße jedwelcher Scheußlichkeit zu schenken und Perversitäten und Absurditäten zu idealisieren beliebt, fällt ein so seltenes Gesicht auf und prägt sich ein – weil es ein gutes Gesicht ist.

Daß dieses Gesicht den Menschen, die das Lachen der sich mehr und mehr ausbreitenden Humorlosigkeit vorziehen, noch recht oft und vor allem noch recht lange begegnen möge, sei der Wunsch für Werner Veidt an seinem 70. Geburtstag, einem Tag, an dem dieses neue Bändchen von Gedichten und schwäbischen Geschichten an die Öffentlichkeit tritt, um – ganz gewiß ebenfalls erfolgreich – den bisher erschienenen zu folgen.

Im Juli 1973. Willy Grüb

Volksfescht

Am Volksfescht in de Morgestunde
Han i am Weg en Bsoffne gfonde.
Der lag so im e Grabe drinne
Und hat sich schier net rühre könne.
Mir tat er leid, der arme Mann.
I han en gnomme uff ein Sitz,
Und wie 'nem so ins Gsicht guckt han,
Da wars mei Freund, der Bempfle's Fritz.
Und wie'nen han so aufrecht ghalte,
Do sait er: „Werner sei so guet,
Und bring mi heim zu meiner Alte.
Was glaubsch, die hat e Allmachtswuet."
I han en in sei Wohnung trage,
Ond bin zu seiner Alte gange.
Dort han i brauche nix maih sage,
Dui hat ons mit Trara empfange:
„So", sait se, „sind Sie au drbei?
Sternhagelbsoffe, deescht e Schand.
Do leget Sie 'n in d'Küche nei",
Ond drückt mir no e Mark in d'Hand.
„Frau Bempfle, sag i, leant Sie 's sei,
I wär doch sowieso hergange.
I nimm kei Geld von Ihne, nei
Dees kann i wirklich net verlange."
„Doch", schreit se, „dees macht garnix aus,
E jeder, der mir ebbes brengt,

Ond schleift mir's gratis no ins Haus,
Der kriegt von mir e Trinkgeld gschenkt.
So schickt mir älls der Metzger Baisch
Sein Lehrling her, de kleine König,
Der bringt mir zwei Pfond Schweinefleisch,
Dem geb i immer zwanzig Pfennig.
Ond bringt er vier Pfond kriegt er mehr,
I weiß scho, was i will.
Sie bringet e ganze Sau derher,
Do isch e Mark net z'viel."

Identisch

Das Amtsgericht frug an beim Bürgermeister Füller,
Ob der in dem Ort wohnende Johann Müller,
Damit man den Streitfall ganz einwandfrei kläre,
Mit einem Johannes Müller identisch wäre?

Daraufhin schrieb der Bürgermeister Gottlob Füller:
Hierorts wohnt ein Johann und ein Johannes Müller.
Johannes ist Bauer und Johann Viehaufkäufer.
Beide sind gleichen Alters und beide sind Säufer.
Und weil sie sich im Saufen so furchtbar gleichen,
Kann man sie auch wohl als „identisch" bezeichnen.

Kinder und Narren

Am Berg, beim alta Ritterguat,
Do schteht der Schreinerlehrling Fritz.
Der kleine Kerle schwitzt fast Bluat,
Grad in dr ärgschte Sonnahitz.

Wie muaß sich doch des Büable ploga,
Denn es ziagt mit viel Geschnauf
En groſsa, schwerbeladne Waga
Den Berg am Ritterguat do nauf.
Und wie er schiergar nemme kann,
Vor Schnaufa ond vor Schwitza,
Do kommt dr Pfarrer Eise'mann,
Der sieht en so do sitza.

Das wär doch Menschenschinderei,
Moent do der alte Herr,
Ein schwerbeladner Wagen sei
Für so ein Kind zu schwer.

Und hilfsbereit stellt er sich an,
Stülpt seine Ärmel auf,
Und schiebt dem arme kleine Mann
Die Last den Berg do nauf.

Doch oben brummt er mächtig los:
„Nun sag mir bloß das eine,
Ist denn dein Herr so rücksichtslos,
Und schickt dich ganz alleine?“

„Ach“, meint do der kleine Fritz:
„Mei Meister hat gsagt: Fahr nur los,
Und zwar hurtig, wie dr Blitz,
S’ geht ja abwärts auf dr’ Stroß’.

Und beim große Berg dohinta,
Vor dem alte Ritterguat,
Wirst d’ scho’ so en Trottel finda,
Der dir helfa schieba tuat!!!“

Dr Frieder

Dr Frieder ischt e rechter Ma,
Von dem mr nix schlechts sage ka.
Bloß ei's, was älle wisse wer'n:
Dr Frieder sauft e bißle gern.
Do neulich kommt er, 's war scho spät,
No heim und hat ein glade ghet.
Im Ochse dronte ischt 'r gwä,
Da hat's heut Metzelsuppe gä!
De ganze Stammtisch hat 'r troffe
Und jetzt sind se sternhagelbsoffe.
Dr Frieder denkt: 's wär nix derbei,
Wanns net scho morgneds halber drei.
Und wann i dees ganz gwiß au wißt,
Daß mi mei Kathree' net vermißt.
Drom schleicht 'r sachte in seim Suff
Gans leis und heimlich d'Stiege nuff,
Damit er sie ja gwiß net weckt.
Er hat sogar im Rausch Respekt.
Die Stimmung ischt ganz kurios.
Der Frieder in dr Unterhos'.
Dr Mond, der lacht zum Fenschter rei
Und wirft en fahle, matte Schei,
Als ob er's druff abgsehe hätt',
Grad auf em Gottlieble sei Bett.
Deescht sei Jüngschter, und derbei
Hört mr de ganze Tag sei Gschrei.
Bloß heut nacht geit er scheints e Rueh',

S'ischt doch e lieber, braver Bue.
Und wie'n'er sich so freut, potzdonder,
Da hagelt em sei Stiefel nonter.
Des tuet en Bombrer, jesses nei.
„Jetzt wird die Alt scho uffgwacht sei".
Bevor er no uff Antwort wart't,
Hat er glei Geischtesgegewart
Und goht ans Bett von seim Gottlieb:
„Komm no, mei Büble, komm sei lieb.
Narr denk dir no, dei faule Mueder,
Du bischt e schö's verschlafes Lueder,
Du schlafst ond schnarchst die ganze Zeit,
Ond hörscht net, wie des Büeble schreit.
Ganz nacket, wie e grupfte Henn'
Leit er in seiner Wiege drin.
Verflixte Weibsleut, merket's uich,
Ihr hent kei Herz. – Gottlieb sei ruhig."
Auf einmal dreht sich d'Kathree rom
Ond sait: „Du woesch, jetzt wird mr's z'domm,
Du hascht en Balle wie e Haus,
Gang en dei Nescht ond schlaf en aus.
Du siehscht ja nix maih in dem Suff.
Narr, mach doch deine Glotzer uff.
Des Gottlieble liegt brav ond nett
Scho seit zwoe Stund bei mir im Bett."

„Anna Scheufele“

Mir schmeckt kei Veschber meh',
Seit i dees Mädle gseh'.
I bin vor Aufregung scho halbe hee'.
Sogar de Bachsteikäs',
Den i sonst so gern eß',
Den laß' i eifach uf em Teller steh'.
I lauf im Kopf ganz domm
Wie'e daube Henne rom.
Ha, Heiligsblechle, deescht doch nemme schö.
I wälz mi nachts im Schweiß.
I träum von was net weiß.
Es wird mir kalt ond heiß, wann i sie seh':

O Anna Scheufele – aus Kaltetal,
Tochter vom Bürschtebinder.
Du bischt mein Schtern, mein Ideal,
Meine Zarah Zylinder!
Seit ich für Dich mein Herz entdeckt,
Mein i, mi häb das Kätzle gschleckt.
I strahl bei Deinem Anblick bloß
Wie'e Äpfelbutze auf d'r Schtrôß,
Du herzigs, goldigs Teufele.
O Anna Scheufele, o Anna Scheufele – aus Kaltetal,
Glücksblatt in meim Kalender,
Mach mich zum Ritter Deiner Qual
Zum Vadder Deiner Kender.

Mir sind im Kino gwe',
Hent d'Rotraut Richter gseh'.
Ich saß am Sperrsitz, sui hat müesse schteh'.
„Weischt Anna", sag i glei',
„Du därfst net traurig sei,
Die zweiehalb Schtond' ganget au vorbei!" –
Anschließend semmer halt
Ins Jägerhaus am Wald,
Hent Kaffee tronke ond sui hat en zahlt.
Heimwärts beim erschte Kuß
Verschtaucht sie sich de Fueß,
I därf se trage bis zum Omnibus:

Die Anna Scheufele – aus Kaltetal,
Tochter vom Bürschtebinder!
Nur wer die Lascht hat, hat die Qual,
Sie wog zweieinhalb Zentner.
Der Weg war gottsallmächtig weit,
I hab's direkt am Kreuz bereut.
Wie sie mich zart am Ohrloch kratzt,
Ischt mir d'r Hoseträger gfatzt.
Sie frogt: „Bin i Dei Teufele?"
O Anna Scheufele, o Anna Scheufele – aus Kaltetal
Bin i von Gott verlasse?
I han bloß meine Hose ghebt
Ond's Mädle plotze lasse.

Mei Freund, d'r Karle Mauth
Der hat jetzt au e Braut,
Des hat er mir do neulich a'vertraut,
E pfondigs Bolleweib
Mit „sex appeal" im Leib.
Er glaub, daß em dui o'bedingt treu bleib.
O'schuldig, rein und hold,
Dr'zue no treu wie Gold.
Ob i sie net amole sehe wollt'?
Druf nimmt er sei Etui,
Zeigt ihr Fotografie.
I schrei: „Dui kenn i doch – dees ischt doch die:

Die Anna Scheufele – aus Kaltetal.
Der Schmerz verreißt mir d'Kuttel.
O falsche Sehnsucht meiner Qual,
Du o'verschämte Zuttel,
Verloge's Weibsbild, nix hat gstimmt,
Gang weiter mit Deim Karle fremd.
Dem schick i morge uf d'r Schtell
Mein Sekondaner zom Tunell.
Von mir aus – gang zom Teufele!
O Anna Scheufele, o Anna Scheufel, Du Lompetier!
I bleib für mi, deescht gsünder,
Ond wann i alt bin als Rentier (sprich deutsch)
Zieg i zu meine Kinder!

Heimkehr

Jetzt gucket no dees Ländle a,
Wie's doleit, schmuck und munter.
Es schmiegt sich förmlich an ein na,
Blickt mr ins Täle nunter.

Die Häusle, wie e Spielzeug klei',
Geranie' vor de Fenschter,
Und d'Bäum wachset in Himmel nei
So haoch, wie's Ulmer Münschter.

Da leit nix ufgedonnert's drin,
Sichst älles ei'fach und bescheide.
E stiller Friede, und um den
Könnt mr dees Ländle grad beneide.

I könnt's de ganze Tag a'gucke,
So han i Heimweh nach em ghett.
I tät's glatt an mei Herz na'drucke,
Wann i so lange Ärm bloß hätt.

Do isch leicht in de Sorge pfladere,
Do druckt ein nix, jetzt sag i's grad:
„Mr därf net mit em Schicksal hadere,
Wann mr no so e Heimet hat."

Bekenntnis

Nachts träum i oft: i steh allei
Hoch drobe auf em Bergesrand,
Und mittle drin, im Sonneschei
Liegt unter mir mei Schwobeland.

Da sieht mr nix als Berg und Wälder,
Mo Bächle fließet ohne Zahl
Durch grüne Wiese, reife Felder
Wie Silberstreife na ins Tal.

Und d'Häuser hänget ganz verstreut
Wie Schwalbeneschter an de Berg.
Drin wohnet brave, biedre Leut.
Es ischt ein kleines Meisterwerk.

Narr, wem dees Bild entgegelacht,
Der merkt sofort: Dees Land isch gsond,
Als hätt's der Herrgott selber gmacht.
In tausend Farbe leuchtets bont.

I guck mir's immer wieder a
Ond weiß bloß ei's: I tausch's mit kei'm.
Da komm i her, da g'hör i na
Ond da bin i daheim.

Was net im Bädeker steht

Schwobeländle – Schwobeländle!
Kanns denn ebbes schöners gebe?
Deine Wiese, deine Felder,
Deine Berg ond deine Wälder,
Deine Täler, deine Flure,
Deine gsonde Frohnature.
Jede Stadt ischt do e Städtle,
Jedes Weib ischt do e Mädle,
Jede Stond ischt do e Stündle,
Jeder Mâ ischt do e Mändle,
Ond die Wengert ond die Rebe!
Schwobeländle – Schwobeländle!

Schwobeköpfle – Schwobeköpfle!
Was der Schwob sich vornimmt, will er.
Manchmal tuet er au gern händle,
Goht oft mit em Kopf durch d'Wändle,
O'ermüdlich z'sammeraffe,
Schufte, dackle, schwitze, schaffe.
So sind d'Mannsleut ond net minder
Sind au d'Weiber ond selbst d'Kinder.
Ja, die kleine Rolleschöpfle
Sind scho harte, stärche Tröpfle.
Ond der Uhland ond der Schiller!
Schwobeköpfle – Schwobeköpfle!

Schwobemädle – Schwobemädle!
Kann es denn no schönre gebe?
Wann se danzet, wann se lachet,
Ond au wann se Küechle bachet,
Selbst beim Heue ond beim Mähe
Teant se Dir de Kopf verdrehe.
Frische Gsichter, rote Bäckle,
Hemmeder mit Spitzezäckle.
Ond no hent die saubre Gretle
Feschte Hindre, stramme Wädle.
Sind e Sonneschei' fürs Lebe.
Schwobemädle – Schwobemädle!

Sonneaufgang am Hörnlesrain

Wann dr Himmel Schäfle hat,
Ond der Nebel leit im Tal
Wann am Berg e Licht ufgoht,
Ond der aierscht Sonnestrahl
Wirft sein Schei' uf's Mühledach,
Spiegelt sich im Wiesebach,
Daß er glitzert, daß er funkelt
Hell ond klar, wie'e Silberband,
No isch d'Nacht rom, aus hat's dunkelt,
No wirds Tag im Schwobeland.

Im Baggersee

Im Baggersee teant e' paar Lauser bade,
Ond schwimme könnet die Kerle wie d'Ratte.
Da kommt so ein älterer Herr grad dr'her,
Der halt au amol gern ins Wasser nei' wär.
Bloß wollt er gern wisse, wie tief o'gfähr s'Bett,
Denn einwandfrei schwimme, dees kann er halt net.
Er fragt drom am Ufer so en kleine Spont:
„Hat man in der Mitte vom See auch noch Grund?"
Da schreit so e' Lausbue vom Wasser drin aus:
„Ja Grond hent Se scho, – bloß dr Kopf guckt net raus."

Die Weinprobe

Vor vielen Jahren, als es noch keine komfortablen Reise-Omnibusse gab, mußten sich die Menschen die Natur per „pedes“ erwandern. So kehrten nach anstrengendem Fußmarsch zwei Tübinger Professoren an einem heißen Sommertag in einem kleinen Dorfwirtschäftle ein.

Die Wirtsleute, die nebenbei noch eine Landwirtschaft unterhielten, waren draußen auf dem Feld, nur die alte Großmutter hatte man zuhaus gelassen. Die Herren inspizierten die handgeschriebene Weinkarte und bestellten nach längerem Überlegen bei der Alten eine Flasche Roten vom besten. Das Weible verschwand in Richtung Keller und kam eine Ewigkeit nicht wieder. Erst nach langen Minuten erschien sie unter der Tür. Sie hielt eine Weinflasche in der Hand. In der anderen trug sie eine alte Zigarrenkiste, stellte beides auf den Tisch und sagte in freundlichem Ton: „So die Herre, do wär jetzt der Wei – ond in dem Kistle habet mir onsere Etikettle drin. I find nämlich mei Brill net, jetzt tun Sie sich ebe selber draufbäbbe, was Sie gern trinke möchtet.“

Trinkspruch zu Ostern

Ach, wenn sich d'Natur so wandelt,
Die dr Winter hat verschandelt,
Schlägt eim s'Herz bedeutend höher,
Und mr möcht sein Huet nufkei'e,
Möcht am liebste Feuer schreie,
Aber dees wär ordinär.
Ob mr fufzig oder achtzig,
Jeder pludert sich ond macht sich.
Alles regt sich so allmählich,
Ond die Pärle werdet selig,
Weil dr Frühling Fortschritt macht. –
Älles lacht! –
Älle Herze fanget Feuer,
Älle Henne leget Eier,
Bloß dr Gockel legt e' kromm's.
Wohl bekomm's.

1:0 für Bulldinger

Personen:	Alfred Bäuchle
	Fritz Bulldinger
	Briefträger
Ort der Handlung:	Schwäbisches Dorf
Zeit:	Gegenwart

(Wohnstube bei Bäuchle)

BÄUCHLE: (*ist gerade dabei, seinen Toto-Tippzettel auszufüllen*) SV Waldhof gege Bayern München? – Ha, da gwinnt München. Unter Garantie. Die hent de Streitle drin, der läßt koin nei. I glaub, da kann mr beruhigt en Zwoier nâ'mache. No kommt Mainz 05 gege TuS Neuendorf. Da müeßt eigentlich Mainz gwinne. Oh, wenn bloß meins amol gwinne dät! Dem seins da drübe hat ja au gwonne. Dem Nachbar seins. Diesem Bulldinger. Älle zwölf hat der Schlamper rausbracht – und älle zwölf richtig. Wo gibts da no eine Gerechtigkeit auf der Welt? Ausgerechnet dieser ungebildete, großkotzete Dinger, der Bulldinger, muß dees Glück han und mueß 30 000 Mark g'winne. Eine schöne Demokratie ischt dees. Unsereiner plagt sich wie e Dackel, füllt jede Woch gewissehaft sein Zettel aus, ischt über vier Richtige überhaupt noch nie nauskomme und dieses preisgekrönte Granatenrindvieh, das noch nicht amol en Fueßball von einer Torlatte unterscheide kann, gwinnt 30 000 Mark uf oin Schlag. Solche Leut solltet net tippe dürfe. Wenn er no wenigstens unserem Sportverei', em FC Lehmbatz 1960 ebbes dervo abgebe hätt, dees hätt mr zum mindeste von ihm erwarte dürfe. Ja Scheißele, Herr Eißele. En lompige Fueßball hat er kauft – für sein Junge. Ein raffinierter Dinger, der Bulldinger! Der tippt nämlich nach einem System. Weil er en Vogel hat. En richtige Kanarievogel. Und der pfeift ihm was – und dees, was der pfeift, dees schreibt der Bulldinger als Resultat na. Pfeift der Vogel oimol, na macht er en Oiser na, pfeift er zwoimol, tippt der Bulldinger auf die zweite Mannschaft. Und wann der Vogel überhaupt net pfeift, tippt er auf Unentschiede. So ein Krampf. Und den dackelhafte Name, den er dem Viech gebe hat: „Gottlieb" secht er zu 'nem. Dees ischt doch nemme normal. Aber so mueß mr's scheints mache, wenn mr zu Geld komme will, – en Vogel mueß mr' han.

(in dem Augenblick kommt ein Fußball durch's Fenster geflogen und zertrümmert die Fensterscheibe.)

Hilfe e Erdbebe, noi e Fußball! Ja was isch dees? – Dees isch doch, ha freilich, dees isch dem Lausbuebe, dem Bulldingerle da drübe sei Ball – und mei schöne Fensterscheib! Oh dees gibt eine Rechnung. Mein lieber Herr Bulldinger, jetzt könnet Sie zahle. Ich werd Ihne eine Rechnung rausschreibe, was heißt schreibe – da gang i nom. Persönlich gang i nüber und sag dem saubere Herre mei Meinung. Und zwar jetzt glei geh i nüber und werd kassiere. Dees koscht' mindestens 6 Mark. Wenn net no meh – und den Ball nehm i mit als corpus da liegt sie.

(*man hört ihn schimpfend das Zimmer verlassen*).

2. Bild

(Wohnstube bei Bulldinger)

BULLDINGER: *(sitzt ebenfalls beim Ausfüllen seines Toto-Tippzettels. Man hört den Kanarienvogel „Gottlieb" lustig zwitschern)* Waldhof Mannheim? Waldhof Mannheim. I glaub, daß da Mannheim gwinnt. Mannheim isch besser als Waldhof. Was meinst du, Gottlieb?

DER VOGEL: *(piepst zweimal – er sitzt im Käfig auf dem Tisch)*

BULLDINGER: Bischt au für Mannheim, gelt? Also, was soll i na'schreibe? Eins oder zwei?

VOGEL: *(piepst zweimal)*

BULLDINGER: Guet, also auf Dei Verantwortung. Aber jetzt kommt ebbes, paß auf, Gottlieb: Kickers Offenbach? Da gwinnet d'Kickers. Meinst net au? Ha klar, wenn Kickers in Form sind, kommet die Offenbacher gar nemme mit. Also los, Gottlieb, schwätz ebbes.

VOGEL: *(piepst einmal)*

BULLDINGER: Sehr gut. Eins. Dees wär nomal schöner, wenn mir net älle zwölf rauskriege tätet. Zur Belohnung därfsch au e bißle raus.

VOGEL: *(piepst begeistert)*

BULLDINGER: Ja i weiß, dees isch dei schönste Stund am Tag, wenn Du e bißle in der Schlafstub romfliege därfsch. – Wart, i will no s'Fenster zuemache, net weil i Angst han, daß du abhaust, aber s'Bäuchle's Katz ischt wieder um de Weg. – So (*man hört ihn das Fenster schließen*) komm raus und benimm di fei anständig, die Bette sind frisch überzoge.

(die Flurglocke läutet)

I bin glei wieder da. Vielleicht überleg'scht dir solang, wie der VfB spiele könnt.

(er geht hinaus und läßt den schimpfenden Bäuchle eintreten)

BÄUCHLE: Herr Bulldinger, alles was recht ischt, aber das geht entschiede zu weit. Ich bin ein gutmütiger Mensch und hab immer auf gute Nachbarschaft ghalte, aber was mir jetzt von Seiten Ihrer Familie gebote worde ischt, das schlägt dem Faß die Scheibe ei.

BULLDINGER: Von welcher Scheibe schwätze Sie denn?

BÄUCHLE: Von der meinigen, Herr Bulldinger, einer nagelneuen Fensterscheibe, die erst vor 6 Monat frisch nei'gschlage – eh – neigsetzt worde icht. Und jetzt isch die Scheib hee.

BULLDINGER: Ah wa? Ond wer hat sie hee'gmacht?

BÄUCHLE: Ihr Herr Sausohn.

BULLDINGER: Sie, wenn Sie zu meiner Sau nomal Sohn saget, eh – zu meim Sohn Sau saget, dann verklag ich Sie wege Hausfriedenskrach.

BÄUCHLE: Damit könne Sie mich nicht mehr einschüchtern, Sie nicht mehr, Herr Bulldinger. Sie denken vielleicht –

BULLDINGER: I denk gar nix, das verbitt ich mir.

BÄUCHLE: Ja freilich, Sie müsse jetzt Ihr Geld unterbringe, das Sie sich im Toto zusammegeschwindelt habet.

BULLDINGER: Ach, Sie hent ja en Vogel.

BÄUCHLE: Nei, Sie hent ein und das geht nicht mit rechten Dingen zu.

BULLDINGER: Ärgert Sie mei Vogel oder soll ich en Ihne amol pumpe, damit er Ihren Totozettel ausfüllt?

BÄUCHLE: I will net mit der Kriminalpolizei in Konflikt komme und Gefahr laufe, daß man mir das Geld eines Tages wieder abnimmt. Der entsprechende Antrag ist nämlich bereits gestellt.

BULLDINGER: So? Wer hat denn das veranlaßt, wenn mr frage därf?

BÄUCHLE: Wir! Die Interessengemeinschaft der totogeschädigten Fehltipper.

BULLDINGER: Was isch denn dees für e neuer Verei'? Kann i da au eintrete?

BÄUCHLE: Die Möglichkeit habe Sie sich verscherzt, durch Ihre lächerliche 30000 Mark. Da muß einer erst amol den Befähigungsnachweis erbringe, wenn er aufgenomme werde will. Diese Leute müssen mindestens zwei Jahr lang getippt habe, ohne einen Pfennig Gewinn.

BULLDINGER: Aha – und die Bedingungen habe Sie ja erfüllt?

BÄUCHLE: Ich bin Ehrenmitglied und für die goldene Nadel vorgeschlage für zweijähriges erfolgloses Tippen.

BULLDINGER: Dees ändert aber nix an der Tatsach', daß ich in Gottesname glei beim erstemal alle zwölf recht ghabt hab.

BÄUCHLE: Sie nicht, Herr Bulldinger, falscher Irrtum, Sie nicht, sondern Ihr Vogel, Ihr Gottlieb hat richtig getippt und es erhebt sich die Frage, ob es überhaupt zulässig ist, daß Kanarievögel tippe dürfen. In den Wettbestimmungen der

Totogesellschaft steht darüber nichts verzeichnet. Das Geld gehört also nicht Ihne, sondern dem Vogel.

BULLDINGER: Also ghörts doch mir, denn i bin doch schließlich so ebbes ähnlichs wie dem Vogel sei Vadder.

BÄUCHLE: Den Beweis müßtet Sie erst erbringe, daß Sie lebendige Vögel auf d'Welt bringet. Mache Sie sich doch nicht lächerlich.

BULLDINGER: Nei, Sie mache sich lächerlich, mit ihrem blödsinnige Lettegschwätz, bloß weil Sie neidisch sind, weil Sie gern die 30000 Mark hättet, die i gwonne han.

BÄUCHLE: Zunächst handelt es sich nur um 6 Mark für die Fensterscheib, die Ihr Sohn bei mir neigschlage hat.

BULLDINGER: Er hat lediglich de Fueßball angrührt. Wenn der sich nachher selbständig macht und von sich aus – gege den Wille meines Sohnes – Ihr Scheib nei'haut, da kann i nix dafür.

BÄUCHLE: *(geht in Bulldingers Schlafzimmer)*

BULLDINGER: *(ruft ihm nach)* Was wöllet Sie denn in meiner Schlafstub?

BÄUCHLE: Von da aus könnet Sie's am beschte sehe.

BULLDINGER: *(rennt ihm nach)* Lasset Sie des Fenster zue! Mei Vogel – der Vogel – oh Sie Unglücksmensch – jetzt ischt er naus.

(er zerrt Bäuchle wieder zurück ins Zimmer und läßt sich jammernd in den Sessel fallen) Mei Vögele, mei Glücksvögele – naus – naus. Mei Toto'le; erbarmungslos dem Katzefraß ausgliefert. Mei arm's Kittekatle. *(nachdem er sich wieder gefangen, mit fürchterlicher Drohung)* Guet, der Bue hat die Scheib nei'gschlage. Aber das sind ja alles Lappalie gege den Schade, den Sie mir jetzt zugefügt habet und ich kann Ihne nur empfehle, auf dem schnellste Weg mei Wohnung zu verlasse und sich auf die Suche nach meim Vogel zu mache. Herr Bäuchle, ich warne Sie, sperret Sie Ihr Katz ei, bis dees Tierle wieder da in seinem Käfig ischt. Krebslet Sie auf alle Bäum rom und suechet Sie den Vogel.

BÄUCHLE: *(ängstlich)* I will jo älles to, Herr Bulldinger, aber im Krebsle bin i gar nix –

BULLDINGER: Das ischt mir wurscht, no lernet Sie's. Jedenfalls bringen Sie mir innerhalb von zehn Minute mein Gottlieb, tot oder lebendig. Herr Bäuchle, ich kann furchtbar werde in meim Zorn, – vor 50 Jahren sind meine Vorfahre nach Mexico ausgewandert – in meinen Adern rollt mexikanisches Blut – in unserer Sippe gilt noch das Gesetz der Blutrache –.

BÄUCHLE: Um Gotteswille Herr Bulldinger – i geh ja ja scho –

BULLDINGER: Aug um Aug! – Vogel um Vogel!

BÄUCHLE: *(geht ab)*

(nachdem Bäuchle abgegangen ist, klingelt es sofort wieder an Bulldingers Glastüre, Bulldinger läßt den Briefträger eintreten)

BULLDINGER: Was gibts Herr Postrat?

BRIEFTRÄGER: Ebbes Geld bring ich für Sie, Herr Bulldinger. Vom Toto, aber desmal sinds keine 30 000 Mark, bloß 3 Mark 80. Wenn Sie mir da unterschreibe wollet.

BULLDINGER: Ja no, mr kann net immer so e Glück han. Vielleicht s'nächstemal wieder.

BRIEFTRÄGER: Ihr Vögele wird scho amol wieder richtig pfeife.

BULLDINGER: *(mißmutig)* Ja, wenn er net vorher auf em letzte Loch pfeift.

BRIEFTRÄGER: Des versteh ich jetzt net ganz. Wen meinet Sie denn mit dem letzte Loch?

BULLDINGER: Meim Nachbar sei Saukatz.

BRIEFTRÄGER: Zu dem will i grad nüber, für den han ich e' Nachnahm. Also auf Wiedersehe. *(er geht ab)* *(es klingelt bei Bulldinger)*

BÄUCHLE: *(freudig zu Bulldinger)* Herr Bulldinger! Herr Bulldinger, i han en, i bring en, Ihren Gottlieb. Gebet Sie de Käfig her –

BULLDINGER: Mei Gottlieb isch wieder da? Unser Gottlieb. Ja Lausbüeble, komm no her und laß di angucke. Ausreißer elender. So jetzt no do nei in dein Ställe. – Ja wo hen Sie'n denn gfonde?

BÄUCHLE: In meiner Wohnung ischt er gsesse, auf em Radio und hat Nachrichte ghört.

BULLDINGER: In Ihrer Wohnung? Wie isch denn der da nei'komme?

BÄUCHLE: Durchs Fenster isch er nei'gfloge, wisset Se, durch die kaputte Scheib'.

BULLDINGER: Durch die kaputte Scheib' – Ja so e Freud! Sollt mr's denn au glaube, ach isch das ein Glück, daß mei Bue die Scheib bei Ihne nei'gschlage hat. Dees Tierle hätt ja sonscht gar net gwißt, wo's nâ' soll. Da hent Sie nomal Glück ghabt, Herr Bäuchle, und ich danke Ihnen – und im übrigen werd ich in der Sache nichts mehr gege Sie unternehme.

BÄUCHLE: Wohl, wohl. Und – eh – was isch mit dene 6 Mark für die Scheib?

BULLDINGER: Die gebe mr meim Max, meim Buebe, der hat sie verdient, dem müsset Sie ewig dankbar sei, daß er die Scheib nei'gschlage hat.

BÄUCHLE: Ischt das Ihr letztes Wort?

BULLDINGER: Im Moment fallt mir nix meh ei.

BÄUCHLE: Dann darf ich Ihne meine hundsmiserableste Hochachtung ausspreche, bevor sich Ihr' Tür hinter mir schließt.

Allerdings nicht zum letztemal, Herr Bulldinger, o nei, ich komm wieder. Ich hol sie mir, die 6 Mark – mit der Polizei.

(er geht raus zur Flurtüre, knallt sie hinter sich zu und durch die Wucht fällt die Glasfüllung aus dem Rahmen und zerbricht in tausend Scherben)

BULLDINGER: Mei Glastür! Waas? D'Scheib kaputt? *(und nun fängt er an herzlich zu lachen, als ob er sich nicht mehr beruhigen könnte.)* Hahahaha! Hahahaha! Hahahaha!

(dann geht er zum Fenster und ruft unter Lachen dem über den Hof eilenden Bäuchle nach:)

Herr Nachbar, Ihr Scheib isch zahlt. Sie brauchet nemme komme. Mir sind quitt.

Wann 's em Herrgott net baßt

Wann's em Herrgott net baßt,
Ischt omsonscht all dei Strebe.
Wann's em Herrgott net baßt,
Goht dir älles danebe.
Wann's em Herrgott net baßt,
Wirscht von jedem verastet.
Wann's em Herrgott net baßt,
Bist du ewig belastet.
Wann's em Herrgott net baßt,
Kannst du schufte ond dackle –
Mit em Kopf quer durch d'Wand geh',
Die kommt nicht zum wackle.
Was nützt do dei Krebsle,
Kommst nie auf en Ast,
Wann's em Herrgott net baßt.

Wann's em Herrgott net baßt,
Tut er nix dir verzeihe.
Wann's em Herrgott net baßt,
Fangt's em Sommer a schneie.
Und tust du mit Fleiß au
Dei Äckerle pflege,
Wann's em Herrgott net baßt,
No gibt's halt kein Rege.
Und hast du en Onkel,
Den könntest beerbe,
Wann's em Herrgott net baßt,

Läßt er di vorher sterbe.
Kommst überall z'spät a
Trotz Hetz und trotz Hast,
Wann's em Herrgott net baßt.

Wann's em Herrgott net baßt,
Die Hauptsach vergeß ich,
No ist's mit em Friede
Auf Erde halt Essig.
No geht's auf ond nieder
Wie bei 're Matratz
Ond ichtangriffspäktle
Sind älle für d'Katz.
Der Weg der vier Großen
Ist dornig ond steinig.
Wann's em Herrgott net baßt,
No wer'n se nie einig.
Ond d'Welt dreht sich weiter,
Doch au dui ischt verratzt
Wann der Herrgott do patzt.

Der kleine Scharfschütz'

Vom Kirchturm hört mr grad Mittag läute,
Da sind auf dr' Straß zwei Büeble am Streite,
Sie kämpfet erbittert und keiner bleibt Sieger.
Sie gucket sich a', wie fauchende Tiger.
Auf einmal bückt sich der eine Tropf
Und wirft dem andre en Stei' an de Kopf.
Der ander aber ischt au net faul,
Der greift sich en saftige Apfel vom Gaul,
Und schmeißt ihn sei'm Gegner direkt ins Maul.
„Wart no", – schreit da der Getroffene prompt, –
„Der bleibt jetzt drin, – bis dr' Schutzmann kommt."

Laßt Dackel sprechen!

Zwei kleine Dackel aus dem Abendlande
Verirrten sich im Wüstensande.
Vergeblich suchten sie nach einem Quellchen,
Die Sonne brannte auf die braunen Fellchen.
Und als sie dann viele Stunden nichts gefunden,
Da trottelten sie traurig weiter – Schwanz nach unten.
Dem einen schien es überhaupt nicht zu behagen,
Die böse Wüste lag ihm schwer im Magen.
Der andere jammerte und bellte herzbewegend:
„Na, so ne Schweinerei, das ist ne Hundegegend!“
Dann sprach er zu dem einen: „Du, ich bin erschossen;
Wenn jetzt nicht bald ein Baum kommt, mach ich in die Hosen.“

D'r Senn

D'r Senn kommt in d' Stadt uf 's Finanzamt nei
Ond kriegt mit dem Portier e Streiterei,
Er dürf en net neilau, meint der Mâ,
D'r Senn sait, sell ging ihn gar nix â.
Er müeß eifach nei, do gäbs kein Zweifel,
Wann er net Platz mach, hol en d'r Teufel.
D'r Portier meint, d'r Senn käm verspätet,
Weil heut bloß G'ladene Zuetritt hättet.
„Hent Sie e Ahnung“, schreit do d'r Senn,
„Was glaubet Sie, wie i glade ben.“

’s Laternle

Herbschtnacht isch gew’, ’s hat Bindfade gregent,
Do isch dr alt Pflädle em Hannes begegent.
„Guten Abend Hannes“, sait der alt Mâ,
„Mo witt denn du bei dem Wetter no nâ?“

„Ha“, sait dr’ Johann zum alte Pflädle,
„Nach Asperg nüber, weisch zu meim Mädle“. –
„Ah so siehts aus, aber sag mr i bitt,
Zu was nimmst denn do e Laternle mit?“

„Ha no“, meint dr Johann do schadefroh,
„Dees mach i in so’me Fall immer so.
Wann i zu ’me Mädle gang, nachts um zwei,
Do han i halt mei Laternle derbei.“

„Da sieht mr’s halt“, lacht dr’Pflädle entrüst’t,
„Was du in dr Lieb für e Neuling bist.
I bin einst au nachts zu Mädle komme,
Latern han i do keine mitgnomme.“
„Dees han i mir glei denkt“, sait dr’ Johann,
„Wie i dei Alte bei Tag gsehe han.“

Der klei' Gschäftsmann

„Gell Mame, d'r Storch hat d'Kinder net brôcht?"
So frogt d'r Fritzle sei Mueder ond lacht.
Doch d' Mueder kommt ganz in Verlegeheit
Ond denkt sich: „Jetzt wird der Lausbue scho gscheit!"

„Gell Mame, d'r Storch hat au mi net brocht?"
Frögt er d' Mueder, die am Herd steht ond kocht.
Sie hat de Kopf sowieso scho so voll,
Weil se net weiß, was se antworte soll.

„Sag m'r doch, Mame, wer hat denn mi bracht?"
So frogt er scho wieder, der Bue ond lacht.
D' Mueder muß acht ge', daß d' Supp net nauslauft,
Ond secht: „I han die im Warehaus kauft."

„Jetzt sagscht m'r no, Mame", frogt der klei Mann,
„Was in dem Warehaus koschtet i han?"
Druf wird der Mueder die Fragerei z'arg,
Sie secht: „I han di halt kauft für fünf Mark."

Do ziegt der Fritzle sei Näsle in d' Höh'
Ond meint: „Des ischt scheints im Ausverkauf g'we;
Narr, hättsch' zwei Mark drufglegt", sait er vergnüegt,
„No hättscht en Buebe mit grade Füeß kriegt."

Am Mittwochnachmittag

Am Mittwochnachmittag om drei
D' Frau Meier ond d' Frau Seitz
Die batschet grad von ällerlei
Im Hof vom goldne Kreuz.

Glei nebedranne auf d'r Schtroß
Do schpielt d'r Fritz ond's Mäxle
Ond jeder ischt von dere Bloß
E ganz verdorbe's Gwächsle.

Es mueß do was vorgfalle sei,
Denn d'r Fritz, der kleine Frosch,
Verführt e jessesmäßigs Gschrei.
„Du Saubue, haltscht dei Gosch!"

Meint do d' Frau Meier ganz empört,
„Der Kerle schreit ja so,
Daß m'r sei eiges Wort net hört.
Dem will i derfür do.

Mach, daß du heimkommscht, lern dei Sach',
Des wär für di viel gscheiter."
Sie ischt ganz rot vor Zorn, doch ach,
Der Fritz plärrt ruhig weiter.

„Descht doch e O'gezogeheit.
Was saget Sie derzue?"
Ond beide Fraue schreiet zu zweit:
„Saubue, gibscht e Rueh!"

Jetzt sagt d' Frau Seitz:
„Du kriegscht dein Loh'."
Ond voller Wut sie zischt:
„I freß die auf, ja, glaub mir's no,
Mit Haut ond Haar, wie d'bischt."

„Do wünsch i guete Appetit",
Schreit d'r Mäxle jetzt wie doll,
„Den fresset Se ganz sicher it,
Denn der hat d' Hose voll."

D'r Guschtävle

„Guschtävle, worom heulscht denn so?"
Frogt en in d'r Schuel d'r Lehrer.
„Weil heut mei Onkel gschtorbe ischt",
Antwortet der kleine Plärrer.

„So", meint d'r Lehrer do befange,
„Wie ischt denn des bloß so schnell gange?
Lag er denn scho lang im Bett?
Hent ihr denn en Dokt'r ghet?"

„Noe", secht der Kerle, „noe, des net",
O'schuldig ond o'verdorbe,
„En Dokt'r hemmer gar kein ghet.
Der ischt ganz von selber gschtorbe!"

Vorfrühling

's Wasser tropft von den Dächer ronter,
Auf d'r Gaß goht langsam d'r Schnee,
's Bächle plätschert scho wieder monter,
Etzt sait d'r Winter „ade".

Heut hat wieder e Amsel gsonge
Ond d' Luft ischt so klar ond so lau,
D'r Bachwirt sait zu seiner Jonge:
„I glaub, jetzt wurd er voll gau."

D'Leut hänget wieder Wäsch in Garte
Ond pfeifet e Liedle dr'bei,
D'r Nachbar kann's nemme verwarte,
Er spannt seine Braune ei'.

Waret au d' Herze wie ei'gfrore,
Jetzt tauet se uf, guck no nâ,
D' Mensche sind grad wie frischgebore,
Se fanget von neuem â.

Abendspaziergang

Ich schaue das Leben und kämpfe mit ihn,
Und umgekehrt streitet das Leben mit mir,
Arg ist das Ringen, ungleich und schlimm.
Denn Sieg steht auf jedem Panier.

Wie oft hab ich diesen Kampf schon verflucht,
Und die Aussichtslosigkeit leuchtet mir ein.
Oft hat der Feind schon Erfolg verbucht,
Ich kämpfe ja schließlich allein.

Schenk, Herrgott, mir fortan die weitere Kraft,
O laß mich im Streit nicht erlahmen,
So streiten wir beide, bis einer es schafft,
Bis die Engel singen das Amen.

Wird jetzt auch mitunter mein Mut gedämpft,
Ich halte dem Banner die Treue,
Ich weiß, wie das Leben mit Irdischem kämpft,
Und doch versuch ich's aufs neue.

So schreite ich einmal nach banger Zeit
Hinaus in die breitende Weite,
Da liegen die Lande im Abendkleid,
Das Herz steht der Seele zur Seite.

Ich schaue den Berg und den Wald und den See
In sterbender Sonnenglut,
Wie weggeblasen ist dann mein Weh
Und alles ist wieder gut.

Der Fragebogen

Worom sind Sie verheiratet?
Worom hent Sie koe Kend?
Wer mischtet Ihren Hasestall?
Wann wäschet Sie sich d'Händ?
Wie oft hent Sie im Toto tippt?
Was ist der Sinn des Lebens?
Wie oft geh'n Sie aufs Wohnungsamt?
Wie oft davo' vergebens?
Wie schlafet Sie bei Nacht im Bett,
Wenn ja, auf welcher Seite?
Wann hent Sie 's letzt Mal Wanze g'het?
Wie ischt ihr Krageweite?
Sind Sie mit Ihrer Frau verwandt?
Wer zahlt für Ihre Kinder?
Wie lang scho' bauet Sie auf Sand?
Was machet Sie im Winter?
Wie hoch ischt Ihr Papierverbrauch?
Wie tief sind ihre Falte?
Was mißt Ihr neuer Garteschlauch?
Oder hent Sie no de alte?
Was haltet Sie von Politik
Ond was für eine Zeitung?
Was habet Sie am meischte dick?
Wie lang ischt Ihre Leitung?
Was haltet Sie vom Bundestag
Ond von der Volksbefragung?

Was denket Sie als Demokrat
Von der UNO-Vertagung?
Wie reagiert der Volksaufruf
Auf Ihre Speicheldrüse?
Um wieviel ischt Ihr Pulsschlag nuf
Seit der Regierungskrise?
So goht's grad fort im Dauerlauf;
Ond was ischt's Lied vom End?
Das Fragen höret nimmer auf?
Bis die ein'n z'tot gfragt hent.

Der Betriebsausflug

Wenn von morgens bis abends 's Telefo' schellt,
Ond jeder, der a'rueft, verlangt nix wie Geld.
Wenn dann no' de ganze Dag d'Glastür geht,
Ond äll Augeblick oener drauße steht
Mit Staubsauger, Zeitschrifte, Bettwäsch' ond so,
Mit Waschmittel, Beiträg ond Bürschte en gros.
Dees ischt zwar net a'gnehm,
Für mi aber gar kei Problem:
    No schnapp i mein Bue – ond mei Lina derzue,
    No machet mir einen Betriebsausflug.
    Mir ganget net weit – mir lasset ons Zeit,
    Mir ganget bloß nom in de „Goldene Krueg".
    Dort hocket mir na' – dees strengt ons net a'
    Ond trüelet halt so vor ons na.
    Der Wirt, der schenkt ei'
    Bis morgens om Zwei;
    Ond no ischt der Ausflug vorbei.

Ond hat mr so recht uf de Sonntich sich gfreut.
Die Frau hat de Kueche ond 's Esse bereit,
Kommt von dr Verwandtschaft e' Telegramm:
Die Schwägere mit ihrem Bräutigam,
Die meldet sich a' für en Dag oder zwei,
Ond d'Schwiegermueder sei au no derbei.
Dees ischt zwar net a'gnehm,
Für mi aber gar kei Problem:

No schnapp i mein Bue – ond mei Lina derzue,
No machet mir einen Betriebsausflug.
Mir ganget net weit – mir lasset ons Zeit,
Mir ganget bloß nom in de „Goldene Krueg“.
Dort hocket mir na’ – dees strengt ons net a’
Ond trüelet halt so vor ons na.
Der Wirt, der schenkt ei’
Bis morgens om Zwei;
Ond no ischt der Ausflug vorbei.

Kommt’s als amol vor, was jo vorkomme kann,
Daß i e’ paar Viertele z’viel verwischt han,
Daß d’Füeß nemme went, dr’ Kopf nemme frisch,
Ond i rutsch so langsam onter de Tisch,
No nehmet mir Abschied vom „Goldene Krueg“,
Weil mei Lina moent: Für mi sei’s jetzt gnueg.
Dees ischt zwar net a’gnehm,
Für ons aber gar kei Problem:
No schnappt mi mei Bue – ond mei Lina derzue
Ond schloefet mi hoem vom Betriebsausflug.
Dr Wirt geit Bescheid, er sait, ’s häb en gfreut,
En andersmol wieder im „Goldene Krueg“!
Sie leget mi na’, weil i nemme ka’
Ond d’Lina schimpft halt vor sich na.
I schlof derbei ei’
Vom Bier ond vom Wei’,
Ond no ischt der Ausflug vorbei.

Uf dr Neckrbrück

Uf dr Neck'rbrück stoht ganz verzweifelt e Ma',
Der schluchzt so bitterlich vor sich na'.
I kann's net sehe, wenn e' Mannsbild weint.
Wie i na'guck, war's dr Karle, mei Freund.
I hab mi buchstäblich für en geniert.
„Ja, Karle", frag i, „was isch denn passiert?"
Oh, hat der gjammert, ond die Träne sind gloffe:
„An der Stell ischt beim Bade mei Weib versoffe."
„Ja freilich", sag i, „dees war e Malheur,
Aber erschtens isch's jo scho so lang her.
Ond zweitens, Reschpekt vor deiner Treue,
Hascht doch seit letscht Jahr wieder e' Neue.
Dei Gret', die ischt doch au fleißig ond recht."
„Dees scho", moent do dr Karle ond secht:
„Do gibt's kein Zweifel, reacht wär se, mei Gret',
Bloß dees ischt dr' Deifel, sie badet halt net."

Der 1,5-Pro-Millionär

E' Autofahrer nachts om Zwei'
Hockt bsoffe in sein Karre nei'
Ond will grad nach dr Handbrems greife.
Da hört er scho en Schutzmann pfeife.
Der war zufällig grad no auf.
Geht uf en los mit viel Geschnauf,
Schreibt d'Nummer uf ond schnauzt en a':
„Sind Sie denn narret worde, Ma'?
Sie wer'n doch net om's Himmels Wille
In dem Zustand no fahre wölle?"
Do sagt der ander', voll vom Saufe:
„Ja, glaubet Sie, i könn' no laufe!"

Schwäbische Lyrik

Heut hat mich der Frühling auf's Haupt geküßt
Und hat mir mächtig Auftrieb gegeben.
Die Schneeglöckchen haben mich auch gegrüßt,
Als ob sie heut Feiertag häben.

Ich schätze den Winter, den Sommer auch sehr,
Beim Herbst lieb ich bsonders den „Neuen“,
Doch nach und nach zieht es immer mich mehr
Dem Lenz entgegen, dem Maien.

Von allen festlichen Tagen im Jahr
Ist der „Frühlingsbeginn“ mein bekanntester.
Da wird es mir richtig offenbar:
Da wird es mir immer „anderschter“.

Der Bombengeschädigte

O han i Geld gnueg ghet,
Wann ich's versoffe hätt
Restlos von A bis Z,
Narr, dees wär schö'.
Aber ganz unentwegt
Han i's uf d'Sparkass glegt,
Damit es Zinse trägt.
Ond nix isch gwe'.

Mittle in Sonneschei'
Hot müesse 's Häusle nei
Vom Bau- ond Sparverei',
Mittle in Klee.
Ganz nah am Rand vom Wald,
I han zeah Johr dra zahlt.
Do hat's uf oemol knallt,
Ond 's Haus war hee.

Mei Karlene danzt Sweng

Fuffzeah Johr send mir verheirat't.
Immer bin i guet gnueg gwe'.
Jetzt uf oemol, schlag mi 's Blechle,
Solls mit ons zwoe nemme geh'.
Sag i: „Morge mueß mr mischte,“
Mault sui: „Pfui, wie ordinär,“
Sie häb jetzt ganz andre Glüschte,
Sie sei a'gmeld't beim Friseur.
Mit lackierte Fingernägel
Hockt se uf de Melkstuhl nuf,
Ond die Ochse, Küeh ond Kälble
Reißet d'Ochseauge uf.
Sonntichs kannscht se nemme hebe,
Wann i au dergege schimpf.
Hört se d' Jazzmusiker döbe,
Schlupft se nei in d'Nylonstrümpf.
Tuet, als wöll se Eierträpple,
Ziegt d'rbei ihr Anke nei.
I hock do ond laß mi föpple,
Sauf mei Bier ond denk derbei:

Mei Karlene danzt Sweng.
Dees ischt vielleicht e Deng.
Was ischt bloß mit deam Weibsbild gscheh'?
Dui ischt doch gerscht' no richtig gwe'.
Sui sait, ich häb kei Gfühl,

Mir fehl dr Sex-appeal,
Weil i ins Bierglas trüel,
Ond d'Luppel ronterhäng.
Mei Karlene danzt Sweng.

Neulich bei dr Stiftungsfeier
Drob im Saal vom „Goldne Ring",
Spielt d'Musik an einer Leier
Immer bloß den daube „Sweng".
Denkst, do käm amol e Polka,
Walzer, Français oder so?
Bei dr Damewahl schreit d'Olga:
Karle, sag, wie hockscht denn do?
Engagiert dei Weib dich nicht a',
Warst doch früher nie dr Letscht?
Jetzt hockscht do ond machscht e Gsicht na,
Als ob d' Spinne gfresse hättscht.
Immer bloß dees Bier nei'schlauche,
Kümmer' dich doch om dei Weib,
Lieber 'mol de Fueß verstauche,
Dees hält gsond ond stählt de Leib!
Doch i mueß mei Breimaul halte
D'Karlene goht mit dr Zeit.
Drom ade du schöne alte
Schwäbische Gemütlichkeit:

Mei Karlene danzt Sweng.
Im Saal vom „Goldne Reng“.
Do hilft kei Schimpf, kei Krach im Haus,
D’Karlene hat de Boge raus.
Sie schreit: Gang hoem ond zahl!
Die ischt nicht mehr normal.
Narr, dera wär’s egal,
Wenn i zom Teufel gäng.
Mei Karlene danzt Sweng.

Wie i han no heimgeh wölle,
Schreit d’Karlene: Nix do – nei!
Kannscht dich doch net dabbig stelle,
Jetzt gohscht heim ond holscht en Wei’.
Auf den sind se nei wie d’Horde.
Schließlich hat mir’s gfalle au.
Z’letschte isch no gsonga worde,
I han gschrie’e wie e Sau!
Gsoffe hent se grad wie d’Wanze
D’Stimmung ischt älls höher g’rückt,
Bis der Guschtav so beim Danze
D’Karlene in Hindre zwickt.
Auf mei’m Schtüehle bin i romgruckt,
Trotz meim Balle hat mr’s glangt.
I hol aus ond eh’ner nomguckt,
Ischt em Guschtav ’s Aug rausghangt.

Mir dr Arm – grad wie e Treibfloß.
's Fest war sowieso vorbei.
Wie'n i frog, was mit meim Weib los?
Brüllt der ganze Gsangverei:

Dei Karlene danzt Sweng,
Do ischt der Saal zu eng.
Was ischt bloß mit dem Weibsbild gscheh',
Die ischt doch gerscht' no richtig gwe'?
Bei der' sitzt jeder Schritt.
Do kommscht du nemme mit.
Kannscht mache, was du witt.
Drom halt dei Gosch ond seng:
Mei Karlene danzt Sweng.

Klagelied einer schwäbischen Hausgehilfin

Scho in dr Schuel hent älle an mir romgmacht,
Weil i so furchtbar klei bin von Schtatur.
Ond dees hat mi scho damals richtig domm gmacht,
Denn i bin e empfindliche Natur.
Beim Spiele war mir's manchesmal zum Flenne,
Wann's gheiße hat: Gang weg, du bisch no z'klei.
Da hätt i grad vor Wuet laut brülle könne.
I müßt halt bloß e Stückle größer sei.

Mit Vierzeah bin i scho in's Kino 'gange,
Denn geischtig war i immer schwer uf Draht.
Sieht mr die Filmstar-Prominente hange,
Nimmt mr de letschte Pfennig, den mr hat.
Wie mi der Portier sieht, macht der glei Faxe
Ond sagt: Ja, Kinder dürfet do net nei!
Du kleiner Schtompe muscht halt no meh wachse!
I sott halt bloß e Stückle größer sei.

Mei Karle hat mi jetzt au hocke lasse.
Der hat e Tandem-Fahrrad g'het für zwei.
Wo mr so träpple mueß, 's ischt net zum fasse,
Läßt dieser Schereschleifer mi allei
Ond nimmt die Malerswitwe mit vier Kender.
Jetzt fahrt die Sonndags stolz an mir vorbei.
Weisch, die kommt nonter, die hat lange Schtänder.
I sott halt bloß e Stückle größer sei.

Dr Ewald ischt mei neueste Bekanntschaft.
Den mag i – und vor allem, er ischt treu.
Der spielt bei Kickers in dr fünfte Mannschaft,
Ond Sonndagnachmittags hab i als frei.
Da zieh als Fußballbraut i mit meim Schatz naus,
Steh dann ganz hinte in der letzte Reih'
Ond kann nix sehe von dem schlechte Platz aus.
I sott halt bloß e Stückle größer sei.

Mei Freundin Frieda, dees muß i scho sage,
Die deant bei dr Frau Oberbaurat Klett.
Die kann sogar von dera d'Kloeder trage;
Bloß merke lasse därf sie's ebe net.
I han's probiert mit mein're ihre Kloeder.
Ha wa, da baß i schiergar zwoemal nei.
Die sind mir z'lang, da hilft mir au kei Schneider.
I sott halt bloß e Stückle größer sei.

Feierdich

Feierdich – mr sott grad moene,
D'Sonn häb heut en bsondre Dag;
Denn se hairt et uf mit scheine
Dort am Häusle hintrem Haag.

Grad wie Blei leit's uf em Dächle.
Still dr Flecka wie e Gruft,
Ond koa Tropfe maih im Bächle,
Ond koa Wölkle in dr Luft.

Uf dr Häherwies' e Böckle,
Dees sich laut sei' Leba's freut.
Sonscht herrscht Ruah an deam Fleckle,
Dees do hint am Waldrand leit.

Grad hot's Mittagsglöckle glitta.
D' Gass' ischt viech- und menscheleer.
Do isch Sonndich, do herrscht Friede,
Do merkscht nix vom Weltverkehr.

D' Schwälble balmet uf dr Beehne,
D' Heahner scharret vor em Haus,
Ond im Gärtle hockt dr Ähne,
Klopft sein Tubaksglobe aus,

G'wärmt sich seine steife Knoche
In deam milde Sonneschei
Ond zählt seine Däg ond Woche,
Ond schlaft langsam d'rbei ei'.

Leant en no sei Schläfle halte!
's tuet em bald koa Zah' maih weh;
Ond wer woeß, ob's net deam Alte
Heut sei letzter Sonndich gwe?

Ja isch denn dees mei Schtuegert no?

Uf em Schloßplatz bin ich gstande,
Hab mir den Betrieb angseh',
Hab vor Krach kei Wort verstande,
's tuet ei'm in der Seel drin weh,
Wie se rennet, wie se hetzet
In der Wirtschaftswunderzeit,
Ihre Nerve sich zerfetzet.
I hab zu meim Nachbar gsait:

> Ja, isch denn dees mei Schtuegert no?
> Mei Schtuegert, dees von früh'r?
> Was hent se denn mei'm Schtuegert 'to?
> S'ischt grad, als tät mr's mir.
> Von Gmüetlichkeit siehscht nemme viel,
> Send älle so nervös.
> Herr Nachbar, was i sage will:
> s' isch einfach nemme dees.

Bin in d' Altstadt nontergange,
Hab mei Stammwirtschäftle gsuecht.
War ein nutzlos Unterfange.
Narr, da hätt i beinah gfluecht.
Wie i nei'komm, ein Empfangschef,
Im 'me Anzug wie e Pfau.
Ond anstatt mei'm Stammwirtschäftle,
So ein Wunderwirtschaftsbau:

Ja, isch denn dees mei Schtuegert no?
Mei Schtuegert, dees von früh'r?
Warum denn glei so vornehm to,
Wege 'me Gläsle Bier?
I brauch kei Göckele vom Grill
Ond au kei Roquefort-Käs.
Herr Nachbar, was i sage will:
's isch einfach nemme dees.

Abends, wie der Mond auf'gange,
Kommt e Fräulein – ziemlich schräg
Mit em Pferdeschwänzle hange –
Mir per Zufall in de Weg.
Mit zwei Äugle voll Verlange,
Schönheitsnarret, wie i bin,
Hab i ihren Blick aufgfange,
Und es kam mir so in Sinn:

Ja, isch denn dees mei Schtuegert no?
Mei Schtuegert, dees von früh'r?
Was blinzelt denn dees Mädle so?
I glaub bald, dees gilt mir.
Ond trotzdem bleibt mei Herz ganz still,
Wird net amal nervös.
Herr Nachbar, was i sage will:
's isch oifach nemme dees.

Raffet, jaget no so weiter
In dem Tempo rond om d' Welt!
Täglich neue Hüt ond Kleider
Ond die Tasche voller Geld.
Oener treibt dabei de andre,
Scheffelt Gold auf Schritt ond Tritt.
Muß er eines Tages wandre
Nimmt er doch kein Pfennig mit:

Ja isch denn dees mei Schtuegert no?
Mei Schtuegert, dees von früh'r?
Es kann net ewig bleibe so,
Drom wünsch zurück ich mir,
Trotz dere fette, reiche Zeit,
Trotz ällem Luxus-Gfreeß,
Die „schwäbische Bescheidenheit".
No wird's au wieder – dees!

Schwäbische Eiszeit

Vor sei'm alte Opel schteht e' Ma,
Der guckt unentwegt sein Karre a',
Schimpft ond bruddelt: Erzverdammter Mischt!
Weil ihm 's Kühlwasser ei'gfrore ischt.
Nebadranne aus em Gastwirtshaus
Holt er sich en Krueg warms Wasser raus.
Gießt dees warme Wasser obedrauf
Ond taut so sein Kühler wieder auf.
Bringt dees leere Krügle z'rück ins Haus,
Vespert no – ond ruht e' Weile aus,
Trinkt au no sei Viertele in Rueh,
Ond inzwische friert sei Kühler wieder zue.

D' Hochzichsnacht

Dr Karle ond d'Marie hent Hochzich gmacht.
Die zwoe sind bald gstorbe vor Glück.
S'ischt älles vorbei, jetzt kommt d'Hochzichsnacht,
Sie zieget sich ganz heimlich z'rück.

Kaum hent se d'Schlafstube abgschlosse ghet,
Macht dr Karle e Fenschter uff.
S'Mariele aber legt sich ins Bett
Ond fragt en: „Was gucksch denn do nuff?"

„Was suechscht denn am Himmel, komm doch zu mir!"
„Wart no Mariele, i komm scho zu dir!"

Dr Karle guckt äwel de Himmel â,
Ond sui ischt scho ganz deschperat.
Ha, denkt se: Was ischt denn dees für e Ma?
Was suecht er denn? – Was er bloß hat?

Ond so goht die Hochzichsnacht glatt vorbei,
Dr Karle schtoht älls no ond guckt.
D'Morgesonn' lacht schau durchs Oberlicht rei,
Da wird d'Marie beinah verruckt:

„Jetzt verlang i, daß d'mir älles verzählscht,
Worom d' di die ganz Nacht ans Fenschter schtellst?"

„Jo“, sait er, „Marie, ’s ischt schad um d’Geduld.
Dr Vetter, dees Rindviech, dees blöd,
Der ischt an dem ganze Blödsinn heut schuld,
Der hat mir de Schädel verdreht.

Der hat zu mir gsait: ‚Karle gib acht,
S’schönste von ällem isch d’Hochzichsnacht.‘

„Narr, dees därf mr’ no neamerds verzähle,
Sonscht sind mr’ bei Gott no blamiert.
Dui Nacht, dui han i halt sehe wölle,
Dui hat mi parduh intressiert.“

Bäckehitz

Wo mr na'guckt, badet se,
Wo mr na'schbuckt, pfladret se,
Wo e Schlauch hangt, spritzet se,
Wo mr's a'langt, schwitzet se.

Aschermittwoch

Aber trotz Fasnet ond Narretei,
Am Aschermittwoch ischt älles vorbei.
Die Affe, die mr sich ei'gehandelt,
Habet sich in en Kater verwandelt.
Vergesse die Berta, die Susi, die Trudel.
Jetzt intressiert ons bloß no e Sprudel.
Was hent mr ons älles vorgenomme?
In de siebente Himmel wolltet mir komme
Ond stellet abschließend fescht – ohne Zweifel:
Mit dem Himmel war's nix,
Ond 's Geld ischt beim Deifel.

Hondsdäg

Was soll mr an solche Dage
Bloß no zu deam Wetter sage?
D' Sonn brennt jetzt von älle Seite,
Ond die Sommersonnefreude
Ka oem so e Hitz verleide.
Älles stöhnt ond schnauft ond schwitzt,
Was net grad im Wasser sitzt.
Ond dr Schweiß rinnt von de Stirne,
Ond mr kriegt ganz weiche Birne.
D' Mannsleut sieht mr an so Dage
Ohne Kittel, ohne Krage,
Ond die Mädle hent mitunter
Fast nix a – ond au nix drunter;
's tät Not, mr tät e Aug zuedrucke.
Doch mr ischt viel z'faul zom Gucke
Nach so seltne Leckerbisse.
Nei, mr will gar nix meh wisse.
Unerträglich wirkt die Schwüle,
Ond mr sehnt sich nach der Kühle.
Weil der Durscht au immer herber,
Schleppt mr sein vermanschte Körper
Zur Erquickung ohne Scheu
In de nächstbescht' Wirtschaft nei.

Dort empfängt ein'n Grabesstille,
Herzerfrischend wirkt die Kühle,
Noch erfrischender der Wei',
Ond der Wirt schenkt fleißig ei'
Aus em Neunundfünfzigerfäßle,
Ond so wandert halt dees Gläsle
Her zu oem – ond wieder na,
Bis mr's nemme zähle ka'.
Ond so kommt mr dann beim Sitze
Nach ond nach wieder in's Schwitze.
's ischt ei'm grad so wie vorher,
Bloß der Grund ischt nimme *der*.

Vor em Spielwarelade

Hent ihr's scho ghaiert, hent ihr's scho gseh?
Send ihr scho vor deam Schaufenster gwe,
Wo mr die scheene Spielsache kauft,
Ond wo die elektrisch Eisebah lauft?
Auf, Helmut ond Günter, Karle komm,
Dees müeßt mr gseh han, do geahn mir nom!

Mensch isch dees pfondig, guck no da na,
Mit dera elektrische Eisebah!
Dui saust wie dr Blitz in d' Kurve nei
Durch de Tunell durch, am Bah'hof vorbei,
De Berg nuf ond na ond nom über d' Brück.
Jetzt hält se a, ond jetzt fahrt se z'rück.
Signal ganget nuf, ond d' Schranke goht na,
Ond oes-zwoe-drei-vier-fünf-sechs Wägele dra.
Die Lok hat vorne zwoe richtige Lichter,
Die brennet so hell wie die Kindergsichter,
Die ganz verklärt in dees Schaufenster gucket,
Ond mit de Nase schier d' Scheib nei'drucket.

Do klappret die Weiche, da surret die Rädle!
Was jauchzet die Buebe, was staunet die Mädle!

Dicht vorne am Fenster e kleiner Bue,
Der guckt schon de ganze Nachmittag zue.
Mit heiße Auge friert er ond stoht
Ond merkt gar net, wie die Zeit vergoht.
Bloß zwischenei reibt er sich amol d' Händ,
Die scho vor Kälte ganz blaugfrore send.
Fast könnt er ei'm leid do, der arme Tropf,
Koe Mäntele a, koe Kapp uf em Kopf.
So guckt er ond stoht ganz weltvergesse,
Denkt net ans Hoemgeh, ans Abendesse.
Er rechnet bloß immer aus, was am End
Dui Eisebah o'gefähr koschte könnt.
Er kriegt halt jedes Jahr e Paar Schueh,
Wenn's hochkommt, no e Paar Händschich derzue.
Meh langt's dahoem net, dees woeß er genau;
Die Gschwister wöllet jo au ebbes hau.

Ond wie 'n er so grübelt ond wie 'n er so sinnt,
Wem 's Christkindle so ebbes bringe könnt,
Wirds immer später, bis in der Nacht
Der Mann in sei'm Schaufenster 's Licht ausmacht.

Schneeflocke fallet uf seine Haar,
Ond in d'r Stadtkirch der Kirchechor
Singt grad dees Lied vom heilige Chrischt,
Der au so arm wie der Bue gwesen ischt.

Spät kommt er hoem ond legt sich in's Bett
So reich, als ob er die Bahn gschenkt kriegt hätt.
Als ob heut e Wunder geschehe sei.
Mit dem Gedanke schloft er au ei.
Der Mond wirft durchs Fenster sein fahle Schimmer,
Ond plötzlich steht e Engel im Zimmer.
Der stellt vor dees Bettle en Christbaum na
Mit tausend brennende Kerze dra.
So hell, als ob er vom Himmel ra'käm
Wie damals der Stern von Bethlehem.
Do lacht der Bue im Traum vor sich na
Ond spielt die ganz Nacht mit der Eisebah'.

Dr Wunschzettel ans Chrischtkindle

Am Samstag isch die erst Klaß länger bliebe;
Da hent se ihre Wunschzettel gschriebe,
Ganze Böge Papier verschmiert
Ond ans Fräulein Christkindle adressiert.
Au der klei Karle vom Schneider Kraft
Ischt endlich fertig, jetzt hat er's gschafft.
Damit 's kei Verwechslung gebe kâ,
Liest er's ganz schnell nomal vor sich nâ:

> Liebs Christkindle, bring mir e Lederhos
> Ond en dicke Pudding, wo zittert, mit Soß'.
> Vom Schwesterle soll i Dir's au glei sage,
> Die wünscht sich en korbene Puppewage,
> Ond für de Großbabbe han i mir denkt
> E neue Pfeif, weil sei alte so stenkt.
> Dr Mame zum Sontich e goldene Brosch,
> Und e neu's Leiterle für unsern Frosch,
> Ond em Babbe e elektrische Eisebah',
> Daß i mit der meine allei spiele kâ.

No ischt unser Karle heimwärts gange,
Doch vor der Tür hat ihn d' Tante abgfange:
Daß d' endlich da bischt, Gott sei Dank.
Dr Doktor isch drin gwe, d' Mame isch krank.
Laut sei dürfet ihr heut fei net.
Zieg di leis aus und gang in dei Bett.

Still hat er gfolgt, sie hat's Licht ausgschaltet.
No hat er nomal seine Händle gfaltet:

Liebs Christkindle, morge kommt d' Poscht zu Dir.
Da ischt e Briefle dabei von mir,
Dees brauchscht em Pelzmärte net überreiche,
Was i do gschriebe han, kannst älles streiche,
Em Ähne brauchscht kei neue Pfeife schenke,
Der kâ mit der alte weiterstenke.
Der Babbe braucht auch kei Eisebah'.
I guck di mei' sowieso jetzt net â.
I wünsch mir bloß eins zum Weihnachtsfescht,
Daß d' Mame wieder gsond werde läscht.

Der Lenz ischt do

Wenn die Veilchen wieder sprießen,
Und die Kroküsse uns grüßen,
Wenn die Schneeglöckle ons winket,
Wenn die Komposchthäufe stinket.
Wenn die Menscheherze bubberet,
Ond die Hund' so komisch schnupperet.
Wenn sie mit erhobenen Füßen
Stumm den Tag des Baums begießen.
Wenn der Saft in älle Bäum stoht,
Ond wenn d' Katz nachts nemme heimgoht,
Wenn die Schwalben rückwärts fliegen,
Sitzend auf den Güterzügen.
Wenn die ersten Knospen platzen,
Ond die Hosenträger fatzen –
Dann weiß auch der Pessimist,
Daß der Lenz gekommen ist.

Die Heimarbeit

Wenn ein Humorist jahraus jahrein tagtäglich seinem Publikum immer wieder neue heitere Geschichten vorsetzt, wird er logischerweise oftmals gefragt: „Wie, wo und wann entstehen eigentlich diese Humoresken, die Sie uns heute abend erzählt haben?“ – Nun, lieber Leser, sie entstehen zum Teil unterwegs in der Eisenbahn, im Wartesaal, im Konzertcafé; viele aber auch während der Ferienwochen zu Hause im trauten Heim. Jawohl, im trauten Heim. Am Schreibtisch. Ich will also möglichst ausführlich schildern, wie solch ein Prozeß vor sich geht. – Ich kaufe mir eine Fahrkarte und fahre nach Hause. Da angelangt setze ich mich an meinen Schreibtisch, stecke mir eine Zigarette an, kaue an den Fingernägeln und warte auf den berühmten Kuß der Muse. Schließe zuvor die Türen, denn draußen schaltet und waltet die züchtige Hausfrau. Sie kennt das, sie hat ein märchenhaftes Verständnis für solche Arbeiten, ja sie hilft sogar noch dabei mit. Sie ist gewissermaßen die Geburtshelferin bei diesen Musenkindern. Also lautet ihre Aufmunterung ungefähr folgendermaßen: „Schatzi, wenn Du jetzt schreiben willst, dann denke bitte an die Gardinen, sie sind frisch gewaschen. Rauche nicht zu stark, Du weißt, es tut Dir nicht gut und die Gardinen werden schwarz davon.“ –

„Ja, ich weiß, mein Liebling, aber laß mich nun bitte eine Stunde allein. Sorge dafür, daß ich nicht gestört werde, es ist mir da eine reizende Geschichte eingefallen, ich möchte sie niederschreiben. Wir haben jetzt elf Uhr am Vormittag, in spätestens einer Stunde bin ich damit fertig." „s ist mir lieb", flötet die Gattin, „denn punkt zwölf Uhr steht das Mittagessen auf dem Tisch. Es gibt heute Deine Leibspeise: Braten mit Spätzle und Salat. Sei beruhigt, Du bleibst ungestört." Und damit schließt sie rücksichtsvoll die Tür nach der Küche.

Ich lasse mich an meinem Arbeitstisch nieder und beginne zu schreiben: Lieber Leser, Komma ... Da wird leise die Tür geöffnet und die Frau des Hauses flüstert: „Was ich noch sagen wollte, bevor Du beginnst, Du ißt doch gerne Kartoffel- und Gurkensalat gemischt? Ja? Dann ist es gut. So nun störe ich nicht mehr." Ich beginne noch einmal: Lieber Leser, die kleine Geschichte ... „Schatziiii", tönt es durch die wieder geöffnete Türe, mir fällt da eben noch ein, Du wolltest doch der Gastspieldirektion ein Telegramm schicken, vergiß das nicht. Schreib schön, Du bist ganz ungestört." Und so geschieht es auch. Ich setze beruhigt meine Tätigkeit fort. Wo war ich denn stehengeblieben? Ach ja, bei: Lieber Leser, ich will ... ich will ... „Ich will Dich nicht stören, Schatzi!" Mit diesen Worten erscheint die Frau des Hauses ziemlich beunruhigt, „aber der Hund – der Hund muß raus, dringend notwendig raus, das ist seine Zeit, weißt Du, da gehe ich sonst immer, aber weil ich nun gerade in der Küche und so... Du tust mir doch mal eben schnell den Gefallen, ja? Zuckiputz kommchen mein Goldiger, Pappi geht mit Dir Spielerchen machen auf Gäßchen. Es dauertja nicht lange, Ihr seid gleich wieder da. Er ist ja so brav, der Süße." Dabei drückt mir Frauchen eine Hundeleine, eine Peitsche, zwei Gummiknochen und einen Ball in die Hand und begleitet uns beide bis vor die Gartentüre. Zuckiputz benimmt sich zunächst einmal ganz anständig. Stolz und gemessenen Schrittes geht er mit Pappi hübsch bei Fuß, bis – ja also bis zu dem Augenblick, wo die schwarze Katze über die Straße schlendert. Ich weiß nun nicht mehr, wie das gekommen ist. Jedenfalls verspürte ich plötzlich eine gähnende Leere in meiner linken Hand. Die Leine ist weg und an ihr hing Zuckiputz, der Goldige, das Mistvieh. Gerne lasse ich meine Blicke in die Ferne schweifen, aber so weit reicht kein Dichterauge – doch halt, da hinten, ja, ganz hinten am Horizont, erspähe ich einen rasenden schwarzen Punkt und hinter ihm etwas größeres Weißes – auch rasend. Was bleibt mir übrig, ich setze mich in Bewegung, ebenfalls rasend. Ich wollte sowieso ein bißchen laufen heute. In weniger als zehn Minuten komme ich atemlos und schweißtriefend am Ziel an und bin glücklich, Mamis Liebling gefunden zu haben. Er sitzt jaulend und kläffend vor einem gut aussehenden Birnbaum. Sein Schrittmacher, der Kater, hängt zischend zwischen den Zweigen. Zunächst greife ich vorsichtig nach Mistvieh's Leine. Der Kater muß das aber falsch verstanden haben, er denkt bestimmt, ich bücke mich nach einem Stein für ihn. Ein eleganter Sprung und schon ist die Stafette wieder im Laufen. Ich selbst bilde bescheidenerweise den Schluß. Dazu pfeife ich ohne Atem, ich rufe, keuche, locke, fluche, verspreche Zuckerchen und Keile in einem Satz. Zuckiputz aber läuft seine Prämie aus und am Horizont sieht man wieder zwei Punkte, einen schwarzen und einen weißen. Auf diese Weise lerne ich die ganze Gegend kennen. Da wäre ich sonst nie hingekommen. Der Kater scheint sich in ein Kornfeld geschlagen zu haben, denn die Ähren rauschen im Sommerwind. An Zuckiputzis Leine hat sich unterwegs eine leere Konservendose angehängt – man kann nun gut hören, wo er sich jeweils befindet. Das Kornfeld war des Katers Rettung und nach einer bescheidenen dreiviertel Stunde komme ich mit Zuckiputz zu Hause an. Letzterer zieht sich vorsichtshalber in kluger Erwägung der Gegenstände, die ihn treffen könnten, mit Katzenjammer im Herrenzimmer unter die Couch zurück. Ich selbst pausiere im Schreibtischsessel. Da erscheint auch schon Frauchen im Türrahmen mit vor Freude geröteten Wangen und spricht persönlich: „Warst Du mit Zuckiputzi weg?" Ich gestehe: „Ja!" „Wo?" „Draußen auf der Wiese." „Hat Zuckiputzi auch etwas gemacht?" „Ja!" „Wo?" „Hier auf dem Teppich." Bums! Sie läßt mich allein. Ich schleppe meine inzwischen sportlich gestählten Gliedmaßen nach der Küche, denn unterdessen ist es halb ein Uhr geworden und Punkt Zwölf wird gegessen. Die Küche selbst ist angefüllt mit dichtem Qualm und Dampf, wie eine Lokomotive am Brennerpaß. Da erblicke ich zwischen den Rauchwolken Frauchens enttäuschtes Gesicht und mit leisem Vorwurf meint sie: „Ach, Du kommst schon zum Essen? Ich denke, Du willst schreiben!"

Der Weihnachtsmann

In gewisser Beziehung war ja Weihnachten dieses Mal für mich auch ein Reinfall. Und das kam so. Am 23. Dezember sagte meine Frau zu mir: „Es hat keinen Zweck, daß unser Nachbar, der Herr Scheufele, in diesem Jahr wieder für unsere Kinder den Weihnachtsmann, den Pelzmärte macht. Unsere zwei Buben erkennen ihn sofort, und als er im vergangenen Jahr nach Erfüllung seiner Mission zur Tür ging, hat unser Großer ihm nachgerufe: Gut Nacht, Herr Scheufele. Das geht einfach net, dieses Jahr mußt Du den Pelzmärte für die Kinder mache. Du bist Schauspieler und machst das viel besser." Was ischt mir übrig gebliebe, ich mußte, ob ich wollte oder net. Ich bin also am Heiligen Abend um 5 Uhr deutscher Zeit zu unseren Nachbarn rübergegange, um mich für den Pelzmärte herzurichten. Ich hab mir einen Vollbart ins Gesicht geklebt, daß ich ausgesehe hab, wie einer, der einen Gaul verschluckt hat und der Schwanz guckt noch raus, dann hab ich mir einen Mantel gepumpt von einem Fernlastfahrer, einen Sack auf den Buckel genommen, die Geschenke für meine zwei Buben reingetan und punkt 6 Uhr hab ich an meiner eigenen Glastür geläutet. Meine Frau hat sich gefreut, daß es kein Vertreter war und hat mir sofort aufgemacht und mich ins Zimmer zu unseren zwei Buben geführt. Die waren sprachlos. Die hatten den Herrn Scheufele erwartet. Jetzt waren sie natürlich platt, daß ein richtiger Pelzmärte vor ihnen stand.

Die zwei Buben waren starr. Andächtig standen sie vor mir. Mit großen leuchtenden Kinderaugen haben sie jedes

Wort aus meinem Mund gläubig aufgenommen. Es hat mir direkt leid getan, meine eigenen Kinder mit dieser Maskerade so an der Nas herumführen zu müssen. Auf der anderen Seit' war ich aber auch meiner Frau gegenüber stolz über die gelungene Täuschung, und mit sonorer Stimme fuhr ich in meinem eigens für diesen Zweck selbstverfaßten Weihnachtsgedicht fort: „Liebe Kinder, seht mich an – ich bin euer Weihnachtsmann – komm mit meinem Sack und Besen –, frag euch, ob Ihr brav gewesen.“ – Meim Kleine hat dees eifach zu lang gedauert. Wie's ihm zu domm geworde ischt, hat er in seine Händle batscht und hat grufe: „Bravo“. Da isch aber unser Großer sofort dazwische gfahre und hat gsagt: „Peterle, Du därfscht de Babbe net störe, sonst bleibt er stecke.“

Die Ostereier

S'Blechmeiers Ahne, fünfesieb'zg Johr,
Wird langsam e' bißle o'zueverlässig;
Kriegt wackliche Zäh', ond ganz weiße Hoor,
Ond außerdem wird se allmählich vergeßlich.

Arg aufgregt ist se, kanns kaum no verwarte.
Heut sollet se ihre Enkele bsueche.
Die dürfet hinterem Häusle im Garte,
Wie äll Johr bei ihr de Osterhas' sueche.

Sie grublet im Moos ond im taufrische Rase,
Ond d'Großmame stoht ganz selig derbei.
Se findet Schoklädle ond Zuckerhase,
Aber net ei einzigs, ei gotzigs Ei.

Die Kinderle werdet langsam nervös:
„Ach Ahne, verrat uns doch dei Versteckle."
„Oh jerum", schreit d'Ahne, „was ischt aber dees?
Ih han se jo no in meim Guckesäckle."

Schlof ei mei Bue

Als kleiner Bue hat's Schicksal ihm
Scho früeh de Vadder gnomme,
Drom ischt er halt in seiner Not
Meischtens zur Mueder komme.
Die hat so manche liebe Nacht
Beiihm am Bettle gsesse,
Do hat er bei dem kleine Lied
Sei Kinderleid vergesse:

Schlof ei mei Bue, mach d'Guckerle zue,
Dr Himmel hängt voller Laternle.
Schlof ei mei Bue, mach d'Guckerle zue,
Die Engele butzet die Sternle.
S'Schäfle im Stall, ond s'Öchsle ond d'Kueh
Sind au scho zur Rueh, lang scho zur Rueh,
Schlof ei mei Bue, mach d'Guckerle zue.

Kaum war er aus der Schulzeit raus,
Die Jahr sind schnell verfloge,
Do hent s'en fort von's Mueders Haus,
Er ist in Krieg naus'zoge.
Dort hat mr ihn zum Helde gmacht,
Auf Sterbe oder Lebe.
Wie oft hat ihm nach mancher Schlacht
Des Lied den Trost gegebe:

Schlof ei mei Bue, mach d'Guckerle zue,
Dr Himmel hängt voller Laternle.
Schlof ei mei Bue, mach d'Guckerle zue,
Die Engele butzet die Sternle.
S'Schäfle im Stall, ond s'Öchsle ond d'Kueh
Sind au scho zur Rueh, lang scho zur Rueh,
Schlof ei mei Bue, mach d'Guckerle zue.

Heut ist er e' berühmter Mann
Im Staat, in Amt ond Würde,
Ond keiner sieht dem Staatsmann an
Die Schwere seiner Bürde.
Bloß, wenn der große starke Mann
Nachts einsam ond verlore,
Vor Sorg ums Land net schlofe kann,
Kommt ihm das Lied in d'Ohre:

Schlof ei mei Bue, mach d'Guckerle zue,
Dr Himmel hängt voller Laternle.
Schlof ei mei Bue, mach d'Guckerle zue,
Die Engele butzet die Sternle.
S'Schäfle im Stall, ond s'Öchsle ond d'Kueh
Sind au scho zur Rueh, lang scho zur Rueh,
Schlof ei mei Bue, mach d'Guckerle zue.

Schwätz doch ebbes

Es sitzt eine Mutter mit ihrem Kind
Im Garten, im sonnigen Scheine.
Unglaublich, also die Müedere sind
Oft kindischer als ihre Kleine.
Des Büeble ischt brav ond züchtig ond fromm,
Mr hört's net e einzigs Mal flenne.
Aber die Alt, die drückt an em rom,
Es müeß au scho bäbbere könne.
Wo ischt denn mei goldigs Büeble bloß?
Dabei hats sie's dauernd auf ihrem Schoß.
Wie kann mr so blödsinnig froge,
Und e halbjährigs Kindle ploge.
Der Kleine strabelt vergnüegt mit de Händ,
Aber die Fragerei nimmt kei End:

Schwätz doch ebbes, sag doch ebbes,
Fangt sie wieder â,
Und denkt net, daß in dem Alter
Kei Mensch schwätze kâ.
Schwätz doch ebbes, sag doch ebbes,
S'Kindle drückt halt so.
Schließlich kriegt's au ebbes raus,
Aber frag net, wo!

D'Krause hat Pech ghet mit ihrem Gebiß,
Dees hat se scho mächtig verdrosse.
Generalüberholt wirds, deescht halt e Bschiß,
Ihr Maulwerk bleibt acht Tag lang gschlosse.
Drom ischt se so fuchsteufelsnarret heut,
Nix schmeckt'r, nix paßt'r, nix gfallt'r.
Bloß einer isch do, der hat sich gfreut,
Und des ischt ihr Gottlieb, ihr Alter.
„Nachbar", sait er, „heut gange mr' aus,
Heut Nacht wird gsoffe uf Teufelkommraus!
Jetzt ka mir ja nix maih passiere."
Und morgens, so om halber Viere,
Stellt er sich frech vor ihr Bettlad nâ:
„Da bin i, Alte. Komm fang doch â!"

Schwätz doch ebbes, sag doch ebbes,
Fehlt Dir denn der Muet?
Schrei e bißle, schimpf e bißle,
Ka'sch 's doch sonst so guet.
Morge bin i mit em Frieder
No amol so frei;
Denn hasch Du Dei Raffel wieder,
Isch der Traum vorbei.

Da geht e Pärle amol durch de Wald,
Im Maien, im Monat der Liebe.
Sie waret beide sternhagelverknallt
Und voll, voll sündiger Triebe.

Lang gnueg hent se auf Entfernung poussiert,
Drum denkt sich des Mädle: Jetzt wünscht ich,
Daß sich der Lôle halt amol rührt,
Die Glegeheit wär doch so günschtig.
Sie spielt verlege an ihrem Rock,
Er glotzt sie a, wie e gstochener Bock.
Dann streichelt er sacht ihre Kleider
Und dann seufzt er: Ach! und tappt weiter.
Des haltet die stärkste Nerve net aus.
Und schließlich platzt des Mädle halt raus:

Schwätz doch ebbes, sag doch ebbes,
Seufzt sie ganz empört,
Tue doch ebbes, hat denn Dir
Dei Mueder nix erklärt?
So e Lôle isch mir zwieder,
Gang doch aus Dir raus,
Bis Du wach wirscht, sind mir wieder
Aus em Wäldle naus.

Büble, mei Büble

Da kommt so e Spielmann und spielt e alt's Lied.
Dees packt ein auf ei'mol und geht eim ins Gmüet.
Do legt mr' sei'n Stolz ab, mr wird ganz klei'.
Es goht wie e Traumbild an ei'm vorbei.
E Bild aus dr Kindheit erscheint einem dann,
An dees mr sich kaum erinnere kann.
Wo mr nix gwußt hat von Sorge und Pflicht,
Wo d'Mueder zum erschte Mol zu ei'm spricht:

Büble, mei Büble, jetzt bischt auf dr Welt.
Ja gell, so schö hasch Dir dees net vorgschtellt.
Guck no, wie d'Sonn so schö rei'lacht ins Stüble,
Wie d'Vögele singet, lach doch mei Büble.
Wann D'lachscht, no sieht mr Dei herzignett's Grüble.
Büble, mei Büble, jetzt bischt auf dr' Welt.

Schnell verganget die Jahr, der Bue wird groß.
Da treibts en in d'Welt naus, da reißt er sich los.
Er isch kei Bue meh', jetzt ischt er a Mâ.
Da schnürt s'em s'Ränzle und bringt en uf d'Bâh:
Jetzt bleibscht halt brav Bue, ond ehrlich ond gsond.
Dr Bue lacht derzue – ond s'Herz ischt so wond.
Und wie'ner beim Abschied d'Zäh z'sammebeißt,
Da weiß er, was „Heimat" und „Mueder" heißt:

Büble, mei Büble, jetzt gehts naus in d'Welt!
Jetzt bischt ganz allei auf dich selber gschtellt. –
Daheim sitzt d'Mueder ond d'Sonn lacht ins Stüble.
Sie denkt äwel bloß an dich – an ihr Büble.
Im Geischt ischt se bei dir – streichelt dei Grüble.
Büble, mei Büble, jetzt geht's naus in d'Welt!

Doch hat er im Lebe au no soviel Glück,
Eimol treibts en doch wieder in d'Heimat z'rück,
Ond sieht no au manches ganz anders aus –
Er ischt drheim – in dr Mueder ihr'm Haus.
Sui ischt halt alt worde in dene Jahr.
Hat zittrige Händ kriegt, schneeweiße Haar.
Wie sie ihm so langsam entgegegeht,
Da beugt er sich gern vor der Majestät:

Büble, mei Büble, jetzt bischt wieder do
Bei dei're Mueder, dees macht mi so froh.
Guck no, wie d'Sonn so schö rei'lacht ins Stüble.
I han so lang gwartet auf dich, mei Büble.
Net heule, nei, lach doch. Hasch's no dei Grüble?
Büble, mei Büble, jetzt bleibscht aber do.

I wünsch mir e kleins Bänkle

Jeder wünscht sich was im Lebe,
Einer wenig – einer viel.
Alle Mensche sieht mr strebe,
Jeder hat e' bsonders Ziel.
Wann mich d'Mensche oft beschimpfet,
Daß ich fascht de Mut verlier',
Wann sie gar noch d'Nase rümpfet,
Denk ich manchmal so bei mir:

I wünsch mir e kleins Bänkle
Im e Gärtle – vor em Haus,
Denn ich weiß, von so'me Bänkle
Sieht die Welt ganz anders aus.
Da stopft mr sich sei Pfeifle,
Blast die Wölkle vor sich na,
Und die Leut, die dran vorbeigehn,
Sehn ei'm keine Sorge a'.

Der wünscht sich en Achtzylinder,
Und der möcht e' Schloß am Meer.
Wieder einer recht viel Kinder,
Weil sein Dasein öd und leer.
I han andere Gedanke,
I brauch halt mein Krueg voll Moscht
Und e Schwarzbrot, soo en Ranke
Descht mei beschter Lebenstroscht:

Und no wünsch i mir e Bänkle
Im e Gärtle – vor em Haus,
Denn i weiß, von so'me Bänkle
Sieht die Welt ganz anders aus,
Do stopft mr sich sei Pfeifle,
Blast die Wölkle vor sich na
Ond die Leut, die dran vorbeigehn,
Sehn ei'm keine Sorge a'.

Für des Ziel möcht i halt strebe,
Doch i weiß net, ob mir's g'lengt.
S'Glück vergißt ein'n oft im Lebe,
Ond 's kommt anders, als m'r denkt.
Doch mei Nachbar hat e Bänkle,
Und der ischt da drauf net scharf.
Wann i alt ben – frag i halt den,
Ob i da nasitze darf:

Und na sitz i auf em Bänkle
Im e Gärtle – vor em Haus,
S'ischt egal, von jedem Bänkle
Sieht die Welt ganz anders aus.
Und die Leut' die dran vorbeigehn,
Denket net in ihrem Sinn,
Daß i auf dem kleine Bänkle
So e' armer Teufel bin.

Muß i einst mei Lebe b'schließe,
Fahr i nauf ins Wolkenmeer.
Wird der Petrus mich begrüße,
Und er fragt nach mei'm Begehr,
Was willst du bei uns da obe?
Sag ich: I heiß Werner Veidt,
I möcht bloß zu meine Schwobe,
Denn i bin ja gstorbe heut:

Und na möcht i noch e Bänkle
Im e Gärtle – vor em Haus,
Denn ich glaub, von so'me Bänkle
Sieht der Himmel schöner aus.
Do stopf i mir mei Pfeifle,
Blas die Wölkle vor mi na,
Und die Leut, die dran vorbeigehn,
Sehn mir keine Sorge a'.

In mei'm Garte – hintrem Haus

In mei'n Garte – hintrem Haus
Setz i mi oft Abends naus.
Wann d'Nacht ihre Nebel breitet,
Sich dr' Sternehimmel weitet,
Ond wann d'Abendglocke läutet,
No ruh' i vom Alltag aus
In mei'm Garte – hintrem Haus.
Hock bis zwölfe ond no später
Auf de alte Nußbaumbretter,
Und dr' Wind spielt in de Blätter.
Manchmal kreist e Fledermaus
In mei'm Garte – hintrem Haus.

In mei'm Garte – hintrem Haus
Siehts e bißle dreckig aus.
Wann dr Rege runterhängt,
Sich e Gwitter z'sammedrängt,
Weil dr „Abee" no so stenkt,
No isch's für e Weile aus
In mei'm Garte – hintrem Haus.
Nei, dann mach i dort kei Bsüechle,
Denn auf so e Wolkebrüchle
Folgt e gottsallmächtigs Grüchle.
Und no hält mr's nemme aus
In mei'm Garte – hintrem Haus.

Von mei'm Garte – hintrem Haus
Sieht mr uf de Asperg naus.
Die da drobe hocket billig,
Aber ebe unfreiwillig
In de Maßanzüg aus Drillich.
Die sehn von ihr'm Gitter aus
Grad mein Garte – hintrem Haus.
Hat 's Armsünderglöckle glitte? –
O was bin i da herniede
Wunschlos, glücklich und zufriede.
Frei guck i ins Ländle naus
Von mei'm Garte – hintrem Haus.

In mein Garte – hintrem Haus,
Des mach i mir heut scho aus,
Wann mei letzte Stund hat gschlage,
Soll mr mi in Garte trage.
Des will i mei'm Herrgott sage
Und dort mache mir's no aus
In mei'm Garte – hintrem Haus.
Gern mach' i mi dort auf d'Wander . . .
Nimmt mi güetig an der Hand er
Ond na gange mir mitnander.
Er blast sacht mei Lichtle aus –
In mei'm Garte – hintrem Haus.

Net zom He'mache

Der Ringlesbauer aus dem Tal
Isch neulich zom Herr Pfarrer gange.
„Hochwürden", sait er, „'s ischt e Qual
Als Witwer mit dr Zeit a'fange.
Bei mir daheim siehts traurig aus.
Mr hört kei Schimpfe ond kei Lache,
Es muß wieder e Weib ins Haus.
I möcht die nächscht Woch Hochzich mache."

Der Pfarrer sagt: „Warum nicht auch,
Das kann ich wohl sehr gut verstehn,
Und habt Ihr denn nach altem Brauch
Um eine Braut Euch umgesehn?"
„Ja", sait dr Bauer o'geniert,
„Dui hau i jetzt schau seit zwoe Woche.
S' isch s'Mariele vom Ochsewirt.
Sui hat mirs geschtern Nacht versproche."
„Waas? Das Mariele? Na, denkt doch an!
Das Mariele ist erst zwanzig Jahre,
Ihr geht schon an die Siebzig ran,
Habt doch den Kopf voll grauer Haare."
„O", meint dr Bauer, „s'reut ein nie
Bei so'me saubre, junge Kind.
I hau mir halt so denkt, weil Sie
Doch au e junge Köchin hent."

„Bei mir ist das doch zu verstehn“,
Spricht Hochwürden mit Würde da.
„Ich brauch ein Kind zum Kochen, Näh’n
Etcetera – etcetera.“

„Jetzt hemmers“, sait der Bauer, „ja
I bin au keiner von de Domme,
Grad wege dem ‚Etcetera’
Han i mir au e Jonge gnomme.“

D'Kircheorgel

In so e schwäbisch's Bauredörfle
Kommt d'Nachricht freudig, über Nacht,
Daß aus Amerika e Onkel
Dr Gmeind fünftausend Mark vermacht.

Dr Schulteß läßt die Gmeindrät ruefe,
Dr Sitzungssaal war dorkelt voll.
Jetzt sollet se ihr Meinung sage,
Was mr für dees Geld kaufe soll.

Die Gmeindrät waret fromme Brüeder,
Die ganget aus von dem Grundsatz:
Mir gehn in d' Kirch und singet Lieder,
Drum wär e Orgel ganz am Platz.

Dr Schulteß aber, mit Verneinung,
Sait: „Heut, bei dere große Hitz
Bricht leicht e Feuer aus. Mei Meinung:
Mir kaufet uns e Feuerspritz!"

Die Dickköpf gratet anenander,
Der ei zieht hischt, dr ander hott.
Die Baure bleibet bei der Orgel,
Sie fürchtet sich vor'm liebe Gott.

Und weil die Mehrheit ebe siegt,
Hat o'ser Dorf e Orgel kriegt.

Dr Schulteß mit 're Wuet im Bauch,
Guckt eines Nachts zum Fenster raus.
Da sieht er 's Schulhaus voller Rauch,
Und 's Feuer schlägt zum Dächle naus.

Wie d'Feuerwehr a'kommt mit Kärre,
Und wie se omanander dorklet,
Do schreit dr Schulteß: „Meine Herre,
So meine Herre, so, jetzt orglet."

’s Geburtstagsständle

I geh eines Morgens langsam durch d’Straße,
Stehn do drei Männer, die sind grad am Blase.
Mit Pauke, Trompete, schwarze Zylinder,
Drom rom steht e ganzer Haufe voll Kinder.

Die Leut in de Häuser batschet ond lachet,
Und wie no die Männer e Pause machet,
Frag i ein von dene: „Ja, saget Sie bloß,
Für wen blaset Sie denn? Was isch denn da los?“

Der sagt voll Respekt vor der Obrigkeit:
„Unser Schulteß hat nämlich Geburtstag heut.
Der wird fünfzig Jahr alt um Zwölfe heut Nacht,
Dem hat die Kapelle ein Ständchen gebracht.“

„So“, sag ich, „dees kammr freilich verstehe,
Aber warum läßt er sich denn net sehe?
Wo Sie es doch heut so gut mit ihm meinen,
Muß er doch einmal am Fenster erscheinen.“

„Ha“, meint der ander und nimmt sei Trompet,
„Deescht doch unmöglich, dees geht doch net,
Mir sind ja sowieso bloß zu dritt,
Der muß dabei sei – der blast doch mit!“

Die Ohrfeig'

Es standet zwei vor em Richter heut',
E Großer und so e Kleiner,
Wege handgreiflicher Tätigkeit,
Der Fritz und der Meyle's Heiner.

Am letschte Sonntig im Kreuz sei's gwä',
Da häb dem Kleine der Heiner
E gottsallmächtige Ohrfeig gä',
Doch gsehe häb's ebe keiner.

Drom fragt der Richter den Heiner glei',
Er soll jetzt die Wahrheit sage,
Ob diese Frage berechtigt sei,
Ob er den Kleine häb gschlage?

„Ausgschlosse", sagt der. Dees könn' net sei,
Da könn' er sich drauf versteife,
An ei'm, der um zwei Köpf kleiner sei,
Tä' er sich doch net vergreife.

Der Richter mustert en stillvergnüegt,
Beobachtet bloß die Gsichter.
„Was?", schreit der Fritz, „Herr Richter, der lüegt,
Descht glatt verloge, Herr Richter!"

„Du halt'sch dei Gosch fei – denn jetzt red i",
Sait do der Groß zu dem Kleine.
„Kei Wörtle maih – verschtohsch' du mi –
Sonst bach i dir nomal eine."

D'r Mäxle

D'r Mäxle isch neulich im hohe Boge
Im Nek'r dronte ins Wasser nei'gfloge.
Batschnaß kommt er heim, zum Vadder, zur Mueder,
Und sei Vadder isch in dem Punkt kei Gueder.
Der rennt in dr Stub rum und schimpft wie doll:
„Dem Lausbue schlag i de Hindere voll.
„Marsch zieg en aus!" Sagt er streng zu sei'm Weib,
„Z'erscht müesset die nasse Kleider vom Leib.
No legscht en ins Bett und deckscht en guet zue,
Damit er warm wird, der drecket Saubue.
Und wann er erscht warm ischt, no hol en raus!
Dem treib i sein elende Leichtsinn aus."
Dees hört dr Fritzle, em Mäxle sei Bruder.
Er weiß, was dr Vadder vorhat, dees tut'r.
Er stellt sich vor's Bett na und wartet vergnügt,
Bis d'r Mäxle vom Vadder die Prügel kriegt.
Dann setzt er sich dicht zu sei'm Bruder na,
Faßt ihn von Zeit zu Zeit mit d'r Hand a.
Auf ei'mal nimmt er sein Vadder beim Arm
Und sagt: „Du Babbe, d'r Max ischt jetzt warm."

Im Beichtstuhl

Dem Hannesle ist's net wohl z'Muet,
Weil er so ungern beichte tuet.
Er tät sich drücke gern dervo',
Doch d'Mutter will's, drum muß er's dô.
Frischgewaschen steht der kleine Mann
Im Beichtstuhl vor dem Herrn Kaplan.
Erzählt aufrichtig, keck und grad,
Was er so auf dem Kerbholz hat.
„Da neulich hen mir auf dr Straß
Net ich allei' – e ganze Blas',
Der Katz vom Bäcker Schneider dronte
En Luftballon an Schwanz nabonde.
Weil meine Leut mich eingsperrt hen,
Hab ich, wo ich daheim g'wä ben,
Zum obere Fenster runterguckt
Und alle Leut auf d'Köpf ra'gspuckt.
Mei Großmutter, vorgestern Nacht,
Hab ich glatt zur Verzweiflung 'bracht.
Ich hab ihr – ihr Gebiß versteckt
Und heimlich unters Leintuch glegt.
Wie sie dann grad ins Bett will 'nei,
Läßt sie en jössesmäßige Schrei.
Uns hat's vor Lache schier verrisse.
„Wer hat mich denn da hinte 'bisse?"
Deescht aber alles in vier Woche,
Sonst hab ich wirklich nix verbroche."
„So?", fragt ihn da der Herr Kaplan,

„Sonst hast du wirklich nichts getan?
Bist du nicht schon mal mit Verlangen
Hinter die Sparbüchse gegangen,
Und hast dir, sag es unverhohlen,
Zehn Pfennige herausgestohlen?
Vielleicht mit Hilfe einer Schere,
Weil das ja sonst nicht möglich wäre.
Die Schere in den Schlitz geschoben
Und so das Geld herausgehoben?“ –
„Nein“, sagt der Hannesle und lacht,
„Das hab ich jetzt doch noch nie gmacht.
Ich hab net gwußt, daß m'r dees tuet,
Aber die Idee isch guet!!!“

Die Würscht

Dr Herr Lehrer kommt ins Schulzimmer nei,
Da fällt em von geschtern no ebbes ei.
Er sucht sich den Bleichmeiers Fritzle raus
Und holt en zu sich an Katheder naus:
„Du hast mir gestern zwei Leberwürscht bracht,
Des hat mir e bsondere Freud gemacht.
Sag deinen Eltern, 's sei herrlich gwesen,
Nie hätt' ich solche Leberwürscht g'essen.
Wenn nachher die Schule beendet sei,
Komm' ich persönlich bei ihnen vorbei.
Ich hab kei Ruh' sonst bei dem Gedanke,
Ich muß mich für die zwei Würscht bedanke."
Da macht der Fritzle e nachdenklich's Gsicht:
„Herr Lehrer, dees isch e saudomme Gschicht.
Würd's Ihne was ausmache", frogt er betrete,
„Wenn Sie sich für drei Würscht bedanke täte?"

’s Rezept

Dr Knöpfles Michel kommt in d’Stadt
Zum Doktor Hopfegrieß.
Er werd des Nachts im Bett net warm,
Es frier’ ihn so in d’Füß.

Dr Doktor meint: So gings ihm au,
Doch wiß er do en Rat,
Der helf em Michel unbedingt,
Des Mittel sei probat.

Wenn er des Nachts ins Bett neisteig’,
Nehm er sei Weib in Arm,
Ond glei nach fünf Minute druf,
Sei älles an ihm warm.

Wenn er’s amol probiere möcht,
Des helf ihm sicher au’.
„Jo“, secht dr Michel: „Mir isch recht,
Wann baßt’s denn Ihrer Frau?“ –

D’ Unfallversicherung

Haiersch’ wie’s bomberet, haiersch’ wie’s knallt?
D’Holzfäller sinds – im schwäbische Wald,
Von dene will i e Gschichtle verzähle.
Mr ischt grad derbei gwä beim Tanne fälle.
Da wird ghaue und a so’me Boom romgsägt,
Solang bis er a’fange wackelt ond gägt.
Ond wann er e paarmol verdächtig kracht,
Schreit einer: Jetzt hoppla, Leut, gebet acht.
Noddlet e bißle, glei hemmern so weit.
Ond no bring sich jeder in Sicherheit.
Dr Boom isch gstürzt ond älle sind gspronge;
Bloß em Globehannes isch’s nemme glonge. –
So kann au e Boomstamm en Mensche morde,
Ond so isch d’Hannese Witwe worde.
Dr Blechmeire ihr Ma isch au derbei gwea.
Dui ka jetzt froh sei, denn deam isch nix geschea.
Nach e paar Däg hat se d’Hannese troffe.
Vor Mitleid isch re ’s Herz übergloffe.
„O Hannese“, sait se, „narr du tuescht mr leid,
Hascht kein Ernährer maih in dere Zeit.“
Doch d’Hannese meint, es wär net so arg,
Sui krieg ja vom „Ofall“ viertausend Mark.
„Waaas? Viertausend Mark?“ – schreit d’Meire entsetzt.
„Soviel kriegt mr do vom ‚Ofall‘ ersetzt?
Ha do brauchsch kei Not ond kein Hunger leide.
Ond mei Dackel – der springt natürlich uf d’Seite!“ –

Maibock

Da standet zwei vor dr Bahnhofwirtschaft,
Ond hebet anander verzweifelt.
Sie kämpfet so mit dr letschte Kraft,
Der Maibock wirkt halt verteifelt.

Sie sind eebe voll, dees sieht mr en a'.
Der eine stöhnt: „I will sterbe,
Du Gottlieb, i leg mi e beßle do na,
Sagsch viele Grüeß an mein Scherbe."

Der ander schimpft uf de Alkohol
Und hebt sich no an der Latern.
Dann singt er: „Leb wohl, du mein Land Tirol!"
Und: „Das haben die Mädchen so gern."

„Du", sait er: „Gohts denn dir au wie mir?
O Karle, glaubsch, eins hätt ons grettet,
Wenn mr doch statt dene ‚große' Bier
Zea kleine bloß gsoffe hättet."

Da streckt sich der Karle wie in seim Bett
Und schmerzverzerrt sieht mr'n no lache:
„Was saisch du? – Zea Kleine? – Worom denn net?
Dees könne mir ja no mache!"

Die Linsen

Dr Herr Oberlehrer in Besenfeld
Hat immer so komische Frage gstellt.
Und wie 'ner do neulich wiederum spricht
Von sellem berühmten „Linsengericht“,
Da fragt er die Kinder so ungefähr:
„Nun sagt mal, wo kommen die Linsen her?
Wo wachsen die, Karl? Nun zeig, was du kannst!“
Der Karl sagt: „Die wachsen – wo man sie pflanzt.“
„Ach Unsinn. Na, Hannes, weißt du denn das nicht?
Wo wachsen die Linsen zum Linsengericht?“
Da fängt der Hannesle an zu grinsen
Und sagt: „Herr Lehrer, die Linsen, die Linsen,
Die Linsen, das weiß i von uns zu Haus,
Die wachset mei'm Vadder zum Hals heraus.“

Intermezzo im „Schwarze Ochse"

Im Gasthof zum schwarze Ochse isch's gwese.
Dr Landrat, dr Förster, dr Herr Apotheker,
Die sind immer Freitags beinandergsesse
Mit'm Schulteß und mit'm Gemeindepfleger.
Und sonst noch die Haute vollé vom Land,
Männer mit Name von Rang und von Stand.
S Ochsewirts Marie hat selber serviert.
Mit dere hat jeder e' bißle poussiert.
Mr hat manche saftige Witz mit ihr gmacht.
Und sie – hat – sie hat halt immer so glacht.
Bloß dr Oberförster vom Waldhaus drübe,
Der hats e' bissele gar zu bunt 'triebe.
Seine Ausdrück waren nicht sehr gewählt
Er hat gern „Mikoschwitze" erzählt.
Ein Herr aus dr Stadt – 's war ein Genie,
Professor und Kunstmaler der Akademie,
Hätt's Mariele gern auf die Leinwand gebannt,
Denn ihr Profil fand er sehr interessant.
Doch hätt' er's nie gwagt, ihr etwas zu sage,
Drum hat er sein Wunsch dem Förster vortrage.
Wie der dees hört, schreit er garnet faul:
„Ihr Herre, jetzt haltet amol euer Maul!

Und du Mariele, paß auf, was i will;
Komm', zeig dem Professor amol dei' Profil!"
Das war dem Mariele doch zu viel.
Sie wirft dem Förster en Zornblick zue
Und fangt ganz beleidigt a' zum schreie:
„Oh, leant Se mi endlich amol in Rueh'
Mit Ihre ewige Schweinereie – – –!"

's Geburtstagsversle

Die Tante Marie hat Geburtstag ghet.
Dees war e Fescht für d'Liesabeth.
Drom sait ihr Mueder: „Liesel! Komm!
Heut gange mir zur Tante nom.
Du mueschst dr Tante gratuliere
Und dei Gedichtle deklamiere.
Hoffentlich hasch's net vergesse,
Sonscht wirds fei nix mit Schlagrahmesse,
Ond Hefekranz mit Mandla dra,
So guet, wie's keiner bache ka."

Das Herz voll Freud ond Sonneschei
So kommet se zur Tante nei.

„Ja, Liesele, mei goldigs Mäusle,
Wa hascht denn do? E Blumeschträußle?“
Doch ’s Liesele, des herzig Menschle
Denkt bloß an ihr Geburtstagswünschle.
Ihr Herzle bockelt zum Verzage,
Jetzt soll sie doch ihr Versle sage:

„Ich reich dir diese Blumen dar,
Weil du doch heute 50 Jahr.
Und mögest du“ – potz Heidenei
Dem Liesele fallt nix meh ei.
Sie hat vor lauter Schlagrahmesse
S’Geburtstagsversle ganz vergesse.

Und wie se nemme weiter ka,
Da fangt se laut zum heulen a.

Die Tante meint: „Ach Liesabeth,
Deswege heult mr doch no net.
Jetzt sagscht eifach e anders Sprüchle,
Weisch’, so eins aus deim Bilderbüchle.“
Da kriegt mei Liesel wieder Muet,
Da weiß sie ei’s, dees kann sie guat.
Und weil sie sonscht nix anders ka,
Fangt sie zum deklamiere a:

„Du tuscht mir leid, du dickes Schwein,
Wirscht bald nicht mehr am Leben sein!“

Vorsicht – Hochspannung, Lebensgefahr!

Am Trottoir vor em Königsbau,
Steht trostlos, verzweifelt d'Frau Schneider.
So me Verkehr ischt halt die alt Frau
Net gwachse, sie kommt kein Schritt weiter.

E Schutzmann ischt höflich ond galant,
Do geht scho amol garnix drüber.
Er nimmt dees Weible glatt bei der Hand,
Ond führt se ganz eifach do nüber.

Doch auf einmal macht d'Frau Schneider Halt,
Direkt mittle im Verkehr drinne.
Vor Angst wirds er plötzlich heiß und kalt,
Von wege de Straßebah'schiene.

Sie bleibt stehe ond will nemme mit,
Dees könnt ein doch elektrisiere.
Drom frogt se: „Wann mr' uff's Gleis natritt,
Ja, kann eim denn do nix bassiere?"

Der Schutzmann schimpft: „Ja sind Se denn blöd?
Dabbet Sie nâ uf's Gleis, aber fix,
Solang Sie mit dem andere Fueß net
In d'Oberleitung kommet – machts nix!"

Zwilleng

Am Straßebah'netz, grad anere Weiche,
Teant e paar Büeble am Gleis romschleiche.
Dr' Jüngschte dervo, zwei Jahr wird er sei,
Der setzt sich ganz eifach derzwische nei
Ond grubelt, kei Schutzmann kümmert sich drom,
Mit em Finger in dene Schiene rom.

Dees sieht e alt's Weib, dui vorbeigange ischt.
Sie geht zu dem ältere Bue na ond zischt:
„Ischt dees dei Brüederle, dees dort hockt?"
„Ja", sagt der ältere Bue verstockt.
„Du bischt amol e saudommer Dackel,
Nimm doch dees Kind weg, du Allmachtslackel."

Vor Aufregung wird se ganz puderrot.
„Wann d'Straßebah' kommt, no isch dees Kind tot!"
„Ach", meint der ältere Lausbue druf.
„Reget Se sich bloß net so uf.
Deescht doch e Zwilleng, sell schadet keim,
Mir hent de gleiche nomal daheim!"

Inhaltsverzeichnis

Im Verlag Karl Knödler sind u. a. noch erschienen:

Fred Boger
Aus em Ländle
M. Bosch/J. Haidle
Schwäbische Sprichwörter und Redensarten
Fritz Joachim Brückl
Peterle vo dr Pfaffaschtub
Franz Georg Brustgi
A rechter Schwob wird nie ganz zahm
Heiteres Schwabenbrevier
Lichter spiegeln im Fluß
Uf Schwäbisch gsait
Schnurren um Franz Napoleon
Zu sein ein Schwabe ist auch eine Gabe
Kurt Dobler
Fürs Herz ond Gmüat
Onser Hoimet
Harald Fischer
No so drhärgschwädsd
Lore Fischer
Von Adam ond Eva bis zu de Schwoba
Bruno Gern
Des laß dr gsait sei
Sonnawirbel
Erwin Haas
Ällaweil gradraus
Wohl bekomm's
Karl Häfner
Alte Leut
Mier Schwobe wearnt mit vierzge gscheit
Vom Vierzger a'
Georg Holzwarth Denk dr no
Ernst Kammerer So isch no au wieder
Karl Keller
Poetisches Hausbüchlein für Schwaben
Otto Keller
Sacha ond Sächla
's End vom Liedle
Schnitz ond Zwetschga
Lore Kindler D'r Spätzlesschwob
Matthias Koch Kohlraisle
Wilhelm König
Dees ond sell *(auch mit Schallplatte)*
Hond ond Kadds
Kurrle/Marx/Bleil
Gell, do guckscht!
Hedwig Lohß
Aus meim Schwalbanescht
Eugen Lutz Mei' Wortschatz
Manfred Mai So weit kommts no
Helmut Pfisterer
Weltsprache Schwäbisch
Ilse Rieger Oder it?
Sebastian Sailer
Schriften im schwäbischen Dialekte
Adolf Schaich Jetz isch letz
Hilde Schill
Moosrösle
s' Schatzkämmerle
Heinz-Eugen Schramm
G-W (Gogen-Witze)
Kaum zu glauben . . .
Magscht mi?
Maultasche'
Wia mr's nemmt
Lina Stöhr
Grad zum Possa!
Hoimetkläng
Wendelin Überzwerch
Erzähltes und Geschütteltes
Uff guat schwäbisch
Sprache des Herzens
Werner Veidt
Heiter fällt das Blatt vom Baum
I möcht amol wieder a Lausbua sei
Mr schlotzt sich so durchs Ländle
Oh Anna Scheufele
(Alle 3 Ausgaben auch in Kassette lieferbar)
Friedrich E. Vogt
Bsonders süffige Tröpfla
En sich nei'horcha
Schwabenfibel
Schwäbisch mit Schuß
Schwäbische Spätlese in Versen
Täätschzeit
Winfried Wagner
Bloß guat, daß i an Schwob ben
Mir Schwoba send hald ao bloß Menscha
Ons Schwoba muaß mr oifach möga
Schwäbische Gschichta
Rudolf Weit
Grad so isch
No net hudla
Ois oms ander
Willrecht Wöllhaf
Was mir grad en Strompf kommt
Heinz Zeller De ei'gspritzt Supp

In allen Bändchen findet der Leser und Vortragskünstler humorvolle, bodenständige und »bodagscheite« Gedichte, Witze, Anekdoten und Prosatexte zum eigenen Vergnügen und zum Vortragen in fröhlichen Kreisen.